坦白

CONFESS

蒙蒙
Mengmeng

中国文联出版社

图书在版编目（CIP）数据

极限坦白 / 蒙蒙著. -- 北京：中国文联出版社，2023.10
ISBN 978-7-5190-5302-4

Ⅰ．①极… Ⅱ．①蒙… Ⅲ．①诗集－中国－当代②散文集－中国－当代 Ⅳ．① I217.2

中国国家版本馆 CIP 数据核字（2023）第 160800 号

著　　者	蒙　蒙	
责任编辑	苏　晶	
责任校对	潘传兵	
装帧设计	Shangchuanluanbu	
出版发行	中国文联出版社有限公司	
社　　址	北京市朝阳区农展馆南里 10 号　　邮编　100125	
电　　话	010-85923025（发行部）　010-85923091（总编室）	
经　　销	全国新华书店等	
印　　刷	廊坊佰利得印刷有限公司	
开　　本	850 毫米 ×1168 毫米　　1/32	
印　　张	7.125	
字　　数	140 千字	
版　　次	2023 年 10 月第 1 版第 1 次印刷	
定　　价	55.00 元	

版权所有・侵权必究
如有印装质量问题，请与本社发行部联系调换

你的起点是你的终点
你的开怀是你的悲哀
你的欣喜是你的沮丧
你的言说是你的沉默
你的选择是你的忏悔
你的成长是你的凋谢
你的结伴是你的独行
你的大笑是你的挽歌
你的美貌是你的假面

谨以此书献给我崇拜的、尊敬的、爱过的、恨过的、爱着的人们。

For those I worship, I respect, I have loved, I have hated, and I am in love with.

†

My friend, it is the task of the poet

To note dreams and interpret.

The truest delusion of man seems,

Believe me, revealed to him in dreams:

All the art of poetry and versification

Is nothing but the true dream-interpretation.

Hans Sachs, *Hans the Dreamer.*

我的朋友,诗人的使命
是记梦和释义。
相信我,人类最真切的妄想
总是在梦中昭示:
所有的诗歌和诗艺
只不过是真正的梦境解读。

——汉斯·萨克斯《梦想家汉斯》

"真的吗?"

目 录

质 变

梦 ·················· 3
死亡，晴 ·················· 5
巴尔的摩，错过 ·················· 9
For Baltimore ·················· 10
无中生有 ·················· 12
夜，观山 ·················· 13
黑点 ·················· 15
对话北岛 ·················· 17
咖啡师 ·················· 19
黄油曲奇 ·················· 21
失眠跨越十年 ·················· 22
假如 ·················· 24
吐槽故事合集：褪色 ·················· 26
窗 ·················· 31
暮歌 ·················· 33
我们在两个季节间热恋 ·················· 35
质变 ·················· 36
The New York Stranger ·················· 39

Collapsed ································ 44

海，水，如影随形

2023 痕迹 ································ 49

2007 海边故事 ························· 52

2008 岛，城 ····························· 58

2009 情爱 ································ 62

2009 家乡 ································ 64

2010 光影婉转 ························· 65

2010 小雨 ································ 67

2010 礼物 ································ 69

2011 足迹 ································ 70

2011 想象中的父母之爱 ··········· 71

2023 流浪 ································ 74

2023 To whom that I saw ········· 76

Till Next Time，下一次

Till Next Time ·························· 81

导师的话 ································· 83

写给疫情中所有互相陪伴却不曾谋面的

　陌生人 ································· 94

洛杉矶 ···································· 96

Papa Joseph（约瑟夫爸爸）······ 103

目录

这里是墨西哥，This Is México ……………… 111

搬家 …………………………………………… 119

我听见风，来自地铁和人海 ……………… 124

发呆 …………………………………………… 126

无题 …………………………………………… 128

梦境四则 ……………………………………… 130

转瞬即逝的遇见 …………………………… 132

诗歌聚会 ……………………………………… 138

岛城怪事 ……………………………………… 143

灰狗巴士 ……………………………………… 150

分别时 ………………………………………… 151

无题的晚上 …………………………………… 153

红色轧路机 …………………………………… 155

清晨的路灯光 ………………………………… 156

梦中人 ………………………………………… 157

屋子，写作 …………………………………… 158

莫须有 ………………………………………… 161

"下次" ………………………………………… 164

亦简亦凡 ……………………………………… 167

Olentangy River（奥伦河）……………… 169

星光灿烂时 …………………………………… 174

其实不应该很明亮 …………………………… 181

帕芙洛娃，Pavlova ………………………… 184

人种志研究者，The Ethnographer ············ 188

急诊室，ER ································· 189

回撑 ······································· 196

归零地，Ground Zero ························ 197

西红柿：爸爸式关怀 ·························· 199

Rumor ····································· 201

Autumn ···································· 202

Floating away, Fading away ················· 204

结局，Ending ······························· 207

清醒梦，Lucid Dreams ······················· 209

告解 ······································· 211

质 变

梦

昨夜，梦境深处
飘来一片，不寻常的海洋
灰蓝色波纹里
透满你的目光

以前，你的陪伴很长
如今，每次遇见都很短
你来的，你走的，你告知的，你不舍的
我听到，你的呼吸远在千山之外

流逝，我的梦，我梦中的你
没有味觉嗅觉听觉视觉，世界
一遍又一遍回放你伟大的
献祭，为年轻人和我们的他们的事业
在恐慌浮躁虚伪的时代，祈祷
善终，我活在你没有冷掉的信念里
你在我真切的时光的每一寸缝隙里

还好
世界，走过

四季星辰的轮回,我依然看到
你的呼吸,尽管它
遥远
在千山之外

死亡,晴

那是一个标准的冬日暖阳
是一个标准意义的团圆节
死亡降临
很干净,很干爽
有无限的光
死亡,照亮我
直面死亡的颤抖
至亲之死
万籁俱寂

✝

姥姥因为呼吸面罩戴得久,医生宣告死亡的一刻,她是张口
　　状态
医护人员叫我用力合上她的嘴巴
努力保持这个姿态,样貌安详
家人忙着给她换上衣服
一分钟、两分钟……多少分钟——

姥姥眼角流出了一滴泪,这是传说中的"死亡之泪"吗?

她为什么会流泪?
她听到了我们的哭泣、呼唤和慌乱吗?
她的身体还温热
我,我们问着,不知道在问谁:
"姥姥／妈妈是不是走了?"
是走了吗?
真的,走了吗?

慢慢,我看见,她脸上深深的皱纹,慢慢消散
深深的,接近一个世纪的记忆,我看见
慢慢,它飘离我的手心
飘过窗棂,穿越陌生的哈气
变凉、变凉
凉透了、凉透了……

一个叫作晴天的打印机
在我脑海里,一遍遍精准复刻
死亡降临的细枝末节
姥姥
温暖的晴天,我骑着单车
望向天空,寻找什么
它是那么透明
透明到我什么都看不见

温暖的晴天，车水马龙，欢声笑语
歌唱什么，欢笑什么，我什么都听不到
我望向天空，寻找

它是那么透明
透明到我什么都看不见

†

注：献祭——姥姥在 70 多岁的时候，就决定将来要捐献遗体（她 2020 年去世，90 岁整）。她说，人去以后，这世上，什么都不要留。奉献，是我目睹和经历的她生命的主题。我妈妈和大姨起初难以接受，当然，我们都从未真正想过有一天，姥姥会永远离开。在正常日子里，死亡似乎是一件极其遥远的事情。后来，我读书期间，在姥姥再三坚持下，家人签署了她遗体捐献文件。按照流程，她过世后，遗体将作为医学院教学使用。遗体捐献者，则被医学院称为"大体老师"。

姥姥去世当天，医学院老师亲自来接。她头盖白纱，身旁是她的天主教圣牌、十字架和诵读了多年的经书。一路颠簸，车子开到医学院的遗体停放站。医学院老师和几个学生把姥姥抬下车，深鞠三躬。姥姥的遗体暂存冷冻柜。

2021 年，医学院老师通知，姥姥的遗体已转入后续医用程序，被取出来泡在福尔马林里，整个浸泡过程大概需要两年。2023年6月，姥姥的遗体还被泡着。她伟大的献祭，这一刻还未完成。

姥姥的名字被刻在一片遗体捐献者的碑林上。每年都有很多人——亲朋好友、陌生人、医学院的人、社会人，祭拜这些献祭者。

安息，我愿您早日安息，姥姥
但我知道，我们相互
正在经历一场非常特殊形式的陪伴——
没有言语、没有表情、没有靠近、没有温度
只有您的身体
还飘浮在这世间

巴尔的摩，错过

春夏交接的午后，躺在床上
我脑海里满是阴天的颜色
那颜色慢慢暗下来
是无数个梦境的前奏：

12月的巴尔的摩
冬天的巴尔的摩
我们错过一顿游轮晚餐的星夜
那个晚上
我们开车从古堡到港口
你把车子停在岸边
晚风里
内港的水幽深而沉静
你说，水上倒映着谁的倩影
你说，岸边安静到只剩远处楼宇的灯火

我说，我们像傻子一样错过了泊出港口的游轮
现在只剩下在一片衰败的工业气味中漫步
我说，你会不会怪我，让你看不到出口的夜色
于是我们就那样，在冬风里

在漆黑的夜和海水边际

在无数个猜想中

在巴尔的摩沉淀着历史旧迹的名字里

走过一轮明月的宿醉

†

For Baltimore

As we walked along

the unknown river banks

you laughed like a teen

in a piece of cooling shadow, sober

A formidable fort was lightened

by the old sun who spoke

for the spirit of Baltimore

Who kissed off a usual feeling of lost

the winter grass and the far-long ships

all ran into the sea:

a landscape captured by my camera

Sitting in a digital age, covered

by man-made orange dust, the scene

Life, Death, and Rebirth—all in my constellation

when I breathe in and breathe out

the dawn

无中生有

我对你的情和爱
生于无形,长于无望
或许只有一夜,或许有很多夜
我想看着你,我看着你

那些情和爱,生于我思想的废墟
长于我空洞的困惑
或许只有一天,或许有很多天
我想跟着你,像东风
穿越这座城市
再也不回头

我对你的情和爱
生于虚无,长于虚无
所以制造制造剧情,假戏假戏真做——
不可避免
或许是一时,或许是永久
我想把这戏演下去,像一场实验一样
要么功成名就
要么一败涂地

夜，观山

三个人，一辆车
一座山，一夜黑

车门锁死，车门外空洞的荒凉
熄灯静坐，车里零下三摄氏度

看，冬夜里毛躁的山峰，一动不动
听，谁的呼啸扼住我们疯癫的喉咙
所有愤世嫉俗，和月亮一起
跌落万丈深渊

夜，欲言又止
我们蜷缩着，抱团取暖
往事像枯树种在山坡上，根根分明
新春的新鲜，还远未到播种的时节
我们困在我们的凝望里

黑黑的山影，躺在车下
锁着一个黎明

那时
我们还没有睡着

黑点

空降在我视网膜上
忘记何时起
它追随着我的视野
把流云钉在天上
把文字摁回深不可测的纸里
它遮蔽了对视目光里的真诚
让再完美光滑的事物
都平添一块无法逃脱的瑕疵

它是透明雨水的一颗痣
它是粉色牡丹上的一只蚂蚁
它是夜晚星河里的一处浅滩
它是奶油蛋糕上不小心飞溅的一滴巧克力酱

不大不小
不深不浅
我盯着它
它盯着我
太阳烈焰

从此多了一处

不明形状的暗角

对话北岛

忘掉

忘掉我跟你说过的我做过的梦
忘掉流星的一夜

忘掉你窗前曾经盛开的鲜花
忘掉大海

让它们静静融化
融化掉生死
在地狱和天堂的边际
有一扇扇巨大的石门
你不知谁将由此而逝
更不知谁将由此而至

†

那一年

那一年的星光
吞噬了草原上的野马、牦牛
它们声嘶力竭地叫喊
是世间最温柔的认罪

认罪即坦白
而在坦白的意义上
所有花草都赤裸了,腐败了
腐败成一摊烂泥,汇成一个巨大的
巨大的沼泽,黑洞一样
吞噬星光,吞噬
草原上的野马、牦牛
它们所有流泪的瞬间
都一文不值

质 变

咖啡师

你站着 我坐着 我在你侧面
你忙着 我看着 你
一丝不苟
百平米见方 三面环窗
窗里 有个位置是留给我写你的
桌上的纸杯 是你递给我的
神秘配方 是它让我开始写你的

神秘配方 混淆着
窗里的行色匆匆
如同窗外 车水马龙
日复一日
数以万计的眼睛 来来往往
流淌着 成百上千的心思
暧昧和混沌 前仆后继
你一杯佳作 是良药还是毒药
客人络绎不绝 喝下去
苦中生苦

在清晨 在下午

但绝对不是在晚上
我看着你
日复一日
我开始想写你
神秘配方　我慢慢饮尽

我写你　就在这里
百平米见方　三面环窗
一张桌子
写完
桌上的纸杯是我丢掉的
再见

黄油曲奇

满满一大盒
总共有三层
模具造出不同形状
我该选哪颗?
这还挑来挑去?内核都是甜!

看看,尝尝
这些带着童年回忆的小饼干
都终将在我口中
化作一团粉末

失眠跨越十年

2011 年 1 月 1 日

严重失眠
不是第一次
脉搏很轻
心事很重

零下五摄氏度的低温
凝固了漆黑的夜
我坐在熟悉的床头
期待一个陌生的黎明

2022 年 12 月 27 日

每次半夜自然醒来,会失眠:
有时候好心情出国了,坏情绪故地重游。
褪黑素、催眠喷雾、耳塞眼罩,哎,没一样有用——
新一天又要毁!
有时下床,走到窗前,看路灯光,静谧。

它照亮漆黑午夜：树影婆娑，像极了依依不舍的情侣。

偶尔听到隔壁冲淋的酣畅，想

花洒下那个疲倦的世界，终于褪去一整天的尘埃。

忽而一夜，狂风咆哮，它把我摇醒，让我听

是谁在风中，声嘶力竭地吼唱：

"逃开了你，我躲在三万英尺的云底，

每一次穿过乱流的突袭，

紧紧地靠在椅背上的我，以为还拥你在怀里。"

那嗓音像刀片一样锋利，一字一句

割断风和夜的喉咙，斩获绝境中

一网网无奈又清醒的灵魂。

一口吞掉

这歌声，告别

长夜将尽。

假如

上初中的时候
学习普希金的诗《假如生活欺骗了你》
语文老师带领学生们剖析解读
诗歌讲完
一位男同学突然站起来——
(这位男同学总被老师和同学当作头脑不太灵光的一个)
他用一如既往洪亮的嗓音和严肃(严肃到让人发笑)的表情说:

"老师,同学们,生活不会欺骗你,只有你欺骗生活!"

妙言啊,妙言!是意外,是惊喜
它像礼物一样出现在我们小二班的生命里

时过境迁,不知道还有多少同学
像我一样,还记得这句
我把它当一面透镜——不欺骗,不虚伪,不假面
看自己,看他人,看生活——
但是它吓死我了!吓死我了!
一路看过来,我发现

质 变

它似乎只存在
在那些"傻呵呵"的脸上
在那些无知无畏的童年

我以前的小朋友们,小同学们
你们又看到了什么
时过境迁
你们有没有悲伤
你们有没有心急

假如你
我
欺骗了生活

吐槽故事合集：褪色

失望，都不是大事！
太轻易付出爱，
每次，都不知悔改。

聚会上，结识了一个体面的人，留下联系方式：
相约吃喝，咖啡，鱼火锅，谈天说地；
遨游 4D 乐园，探讨战术拯救未来博士；
秀英文唠事业。
隔天去他说的工作地，想给惊喜，
却查无此人。

见面问："你怎么一直在咳嗽？"
答："天冷，吹着了。"
"不舒服就在家休息，
不用在这（疫情严重的）时候约出来见面。"
第二天，他来消息："我新冠阳性了。"
我呆住："你不是说冷的？"
答："前几天我同事都中招倒下了，我咳嗽肯定是阳了啊。"
三天之后，我也得了新冠，还不幸传染给妈妈。

新冠真不好受，接到校友消息：
"你能帮我改一下文章吗？"
我说："阳了，特难受，头晕眼花，过几天吧。"
校友："我最近就要提交，比较着急，你帮我改一下。"
一两周之前，校友阳了，当时她说她没有体温计，
我很担心，网上买给她，叮嘱她要好好休息。

Enrique Iglesias 演唱会，门票不单卖，只有连座。
想了一大圈，把另一张票送给一个喜欢拉丁的好姐妹。
演唱会上我们见到了偶像真人，激动地喊着永远爱 Enrique。
两个月后，一起坐投币公交车，发现身上没零钱。
姐妹替我投币两个 quarters（quarter，面值 0.25 美元的硬币），我说感谢。
几周之后，再次一起坐公交，她严肃地说：
"对了，上次那两个 quarters 你还没有还我。"

美国，流感来袭，他中招。
大半夜带他去急诊，奔前走后。
后来我得失眠症，心情不好地抱怨："又失眠了。"
怎想到，一个"反手"，就是一句斥责：
"又失眠，真不知道，你每天脑子都想什么！"

碰上美国一个学弟卖一把吉他,是帮助他已经回国的学长。
学弟接他妈妈电话,电话那头,他妈妈说:
"你不能白帮他卖,得算算中间有多少差价可以赚。"

曾经,我左心右室的姐妹,一起拼过两年艰苦的学业。
不幸,她与异地恋男友分手,太难过,
问是否可以来我公寓,一同小住一段时间。
我欣然答应。当时正准备博士资格考试,奈何姐妹心情沮丧,
就时常抽空一同去逛街、图书馆、健身房,深夜流泪聊天。
一个月后,姐妹的父亲从中国飞来看望,请我们吃了饺子。
姐妹搬出我家,疗愈完成。自此以后,
她竟没有和我讲过一句话。

晚间下课,碰到同楼不同系的学长,他说:
"走,喝杯咖啡去,吐槽下上课的事。"
车上,他突然把脸凑过来,一定听到了我的心慌——
对我说:"没关系,今夜我单身。"

深夜哥伦布,他说他牙痛,并因此饿了许久。
我说你要吃东西,慢一点,要不我来买给你?
他不置可否。
我摸索着夜色,从中国城打包了他爱吃的菜,一路开错,
很久才找到他家。敲门,见他在跑步机上。

"快吃点东西吧!"
"你不知道我晚上健身都不吃东西的吗?"

"我觉得现在这个时候,我还是主动讲给你比较好。
之前和我交往过的女生,分手以后,都经历了不好的东西:
一个在巴西潜水溺亡了;一个在荷兰被盗窃了;一个莫名其
　妙病了很久。
你,怕了吗?还想更深入交往吗?"

†

对它们所有的耿耿于怀,都烟消云散。
曾经我付出一丝不苟的真诚,
收获一簇簇开在细枝末节的人性之花。
慢慢地,我似乎悟出了这花语的秘密⋯⋯
我担心,当我蹚过时间这条大河,
我也在骇人的湍流中
被洗成和你一样
虚伪又冷漠的颜色。

是爱不能原谅被爱的人不以爱相报。
——但丁《神曲·地狱篇》（第五首）

I liked you but I am not gonna crack;
I hated you but I am not gonna crack.

Revised from *Lithium,* Nirvana, Kurt Cobain

窗

我把香皂涂在脸上
细细的泡沫流向耳后
转过身去
浴室那扇窗开着
有一扇窗,开着
在清晨
天空不明朗的色彩晕展
伸向幽阴窄仄的角落

我把沾着泡沫的脸
探出窗
化学香被风的喘息埋葬
闭上眼睛
不问泡沫飞逐的方向

五月的风轻舐我的额头
按捺不住心间的激动
张开双臂
模糊的目光
邂逅的游云

和谐的松绿

软泥的馨香

海风的节奏

统统收获在怀里

突然,窗被狠狠地关上

我惊醒

满脸黏腻的泡沫

冰凉

有人叫喊着冷

在这个幽阴窄仄的角落

有一扇窗被关上

唯一的一扇窗

被关上

暮歌

夕阳匍匐在山头唱一支暮歌
忽而记起
许多岁月前你寄给我的文字
流成一条河
褪色的笔迹
沾染堤岸稀疏的花朵
世界,露出嫩白的前额

怀念的心情化作一条鱼在河中
唱一支暮歌
它欢跃地跳着
鳞片闪银光
是星球投射的影子
作别逆流的往事
泪水,快乐

那泪凝成风筝
唱一支暮歌,飞着
飞着,干涸
回归空气分子中饱满的一颗

于是所有的思绪回归了
夕阳的光耀,回归了
自然最质朴的颜色

我们在两个季节间热恋

火红的五月的风里

有位老人,撒下一根

长长的渔线

你说,垂钓是件浪漫的事

我们在两个季节间热恋

花草像灵魂一样褪色

时间沦为一纸沙画

妖艳和妩媚死在睡梦里

你说,认识我像一个世纪那么久

我们在两个季节间热恋

渡口像一道湿润的彩虹

牵起我羞涩的手

你的掌心,犹如漂移的广角

记录我每一个脚印

你的怀抱,犹如一杯苦涩的酒

浇醉我多少

盲目的青春

质变

你告诉我你去了远方
我没有告诉你　我在等你回来
我买了很多好看的衣服　夏天到了
我想和你暧昧地去郊游

我没有告诉你　我每天都在想
你今天该回我消息了吧
你是明天回来吗
后天我又要梦到你了
我梦到你了

我没有告诉你　我一直在等
等你给我讲游历半个世纪以来的小故事　大故事
我猜你的故事有半个世纪那么厚
也许我错了　只是你什么都没有告诉我

我等了很久
我等"戈多"
开始没有写好
结局早就躺在那里

质 变

是你　还是我
提前偷看了

于是我说服自己　止住了
我止住了　我想和你看电影
我想听你讲故事的心情　我猜
你已经在这条似是而非的路上
走得太远

你　你　你　你　都是你
我止住了　我对你所有的好奇
你的高傲　躲闪　绕行　犹豫　骤变
你是一个　在量化的时间里
精准游荡的人

给你的昵称没变
你在聊天列表的位置没变
你没变
变的是我
和我曾几何时
对你不假思索的执着

我的骄傲不允许我把这崩溃的日子告诉别人，
只有我知道，仅一夜之间，我的心判若两人。

——《人间失格》太宰治

The New York Stranger

Stranger

you planned with me

the season, the scene, the sensation

You day-dreamed with me

our conversation, commitment, and creativity

melting, in a sketched smoky silhouette of

The Brooklyn Bridge

before we met

I flew from the Midwest and

flew with some nerves

The distance, the decency, the digital era

blurred, the boundary of old-time trust

and shaped a brand-new greedy me

I knew the "stranger" would be happy to

spend hours and hours, smelling

the *Water Lilies* with an impressionist-fan

Arrived with the growing scent of the December dawn
I felt, the New York City—
traffic lights vibrated with taxi horns
the mixed-languages choir wrapped in people's luggage
He, miles away in Jersey
was preparing me the gift, the *Kurt Cobain Journal*
leading me to an overlapped world of Rock n' Roll

Woke up at five, the next morning
the moment was moving forward
with one pleasant swallow of the strong wind
and another bite of the twisting sun
How could I make a gorgeous turn
when we met at MET

He came, a scientist
his smile
his clothes, bag, and shoes
all scientists'
in sort of humor with a rationale

sort of out-of-date fashion

with a contemporary taste of arty thing

Was he a stranger or not

the moment he escaped my staring eyes

The moment, I remembered he came

in some of my sleepless nights

He performed such well

standing beside historical pieces

with touchable emotions unfolded

with nothing would change his way

Was he a stranger or not

the moment he got excited

running to the Turkey Gyro, on Fifth Avenue

boasting to me with a big appetite of spicy sausage

and chewing a seven-year trajectory

of being and being a scientist

Was he a stranger or not

the afternoon with me in that darkroom

with videos and scary audios

composing the spiritual interpretation towards

a post-modernism tragedy

He shared his value on that clip

but I was in chaos

Was he a stranger or part of my skinny soul

already

Chaos, the next morning he left

with an overload of work

There I stood, underground

and I talked to myself

"If you read, you will judge"

But the crazy crowd pushed away

a possible looking-back

a positive farewell, and

a soft whistle on *Patience*

Chaos was like meat

gripped in the middle

by two pieces of white breads of silence

I was hungry and hollow

质 变

but never made it hurry to have each layer

of my Sandwich, "Stranger", and Strength

I had plenty of time planning a text message

typed, deleted, typed again

He left nothing but

some finger prints on that book

Doubted, if I dared to open it

with an ounce of sorrow

packed in a finite prediction

and some pale starry lights

all, after that night

Collapsed

I had a dream

a dream of you and of a glittery morning

Walking on that shortcut to home

I was swallowed by a tear of sorrow

Dampened, in a glimpse of brightness

I foresaw our apart

soft and blurring

Suffocated. I saw your shadow fading

away from home

That kitchen on the third floor, windows closed and taps
 rested

but like every summer in my memory

it was surrounded by branches n' branches of greens

and old neighbors' chitchats

It was surrounded by your meticulous kindness

patience

I stood still

I wish I could stand still

Yet all of a sudden, the bright fainted

I heard breaths, chirps, and industries

and I knew my shortcut to home

forever collapsed

After the torchlight red on sweaty faces

After the frosty silence in the gardens

After the agony in stony places

The shouting and the crying

Prison and palace and reverberation

Of thunder of spring over distant mountains

He who was living is now dead

We who were living are now dying

With a little patience

T.S. Eliot, *The Waste Land: V. What the Thunder Said*

✝

海，水，如影随形

2023 痕迹

海对于我，是一种坦白。
我同意波德莱尔：
"海是你的镜子：你向波涛滚滚，
汪洋无限中凝视着你的灵魂"——
看海是一项严肃的秘密交换仪式。

讲到这里，突然想起一句话，
说给我的是个普通成年男人，在我上大学的时候偶遇结识：

"这样吧，我请你吃饭，你请我看海。"
2009 年，夏天的后续难免油腻，
但这一句，它盘踞在我脑海里了。
今天，我猜那片碧蓝而悠长的海水，
像一块巨大体量的硬盘，
寄存了无数的开端和结局，
坏的和好的一样多。

"海啊，有谁知道你潜藏的富饶"（波德莱尔），
海啊，有谁想一探究竟，
有谁能一探究竟，酝酿在你深沉不语中的生死和烦恼！

†

水，Water，
这些微风拂过的波纹，勾勒一代人的生命沿线，
曲曲折折，深深浅浅：

2004 年，九寨沟·高原湖泊
2007 年，日本·日本海
2007 年，青岛·黄海
2011 年，洛杉矶·太平洋
2012 年，旧金山·太平洋
2012 年，波士顿·查尔斯河
2013 年，厦门·台湾海峡
2014 年，纽约·哈德逊河
2015 年，芝加哥·五大湖区
2019 年，上海·黄浦江
2020 年，北戴河·渤海湾
2019 年至今，上海·黄浦江——

随波逐流，不知到哪去；
逆流而上，不知行多远。
看命运的千帆，竞发，争流。

静静地，坐一叶小舸，

在无限磅礴生机，

或巨大的阴谋和事与愿违中，

安然地，和江河湖海

谈一谈吧。

2007 海边故事

记否去年冬天早上
你恳求我陪着
来到海边,消释
成尸成冢
为我而生的
惆怅

我特意把脸抹白
晨光穿越蔚蓝的时候
慷慨地为我留下一束
于是
深棕色的眼睛
模糊了,泪的光辉
与海的一样

那是我第一次目睹
安详的橙红光,轻盈地
遮着,涌动妩媚的蓝肌肤
银色魂灵抖动着,雀跃着
还有装着伤痛的你

稀疏的波纹

点染一颗燥热的心和一颗冰凉的心

你静静地瞭望

企盼一叶扁舟

或者一只白帆的影子吗

我却不想搁浅

忧伤,它随季候风

和浅浪潮飘扬

谁知天命让它们去哪里

像古老的沉船

几个世纪

湮没在混沌的海底

还是像许多漂亮的瓶子

沾湿身体

迎接未知彼岸的欣喜

你说这里

拿起我的手贴在胸前

体温拨开晴暖的预兆

我知道你,伤痛着

僵持扬起的嘴角

和水做的眼睛

漂泊吧

如果在海上点孔明灯
会熄灭吗
我担心，当祈祷高飞
礼葬在灿烂的日光里
就要寻不到灯芯的星火

†

我想把自己丢在海边
只有雾、浪声和沙滩
混沌的音律，淡去了
寂寞在歌唱

唱给灰蓝色的水域听
回报以层层叠叠空旷又伟岸的掌声
瞬间绽放又凋零，安静圣洁的马蹄莲
唱给金色的沙石听
我赤裸的双脚沉陷下去
在它绵软温凉的胸膛里
一点点被吞噬，沦落
美丽

是潮湿的疏松的呼吸

沙滩上的一只蚂蚁听到了
爬上我的脚踝转圈圈
细小的黑精灵，优美的舞蹈者
它没有咬我
只在那将愈合的小伤口上
挠痒痒，让我忘记疼
蚂蚁在来路上唤醒一只贝壳
贝壳退去睡意，跑去海水中沐浴
还带回伙伴
淡红色的小螃蟹，咖啡色的软虫
戏谑着，逗留
然而我并非那歌者
阻塞的喉咙唱出的
又叫什么

突然，我肩背上硕大的羽翼消失了
只有雾、浪声和沙滩

†

起风了

窗外合金衣架上，软布料的长袍在舞蹈
不知颜色的一团烟云
遮住它黄色的肌肤
不知月
什么心情

起风了
楼下水泥板缝里滋长的小草在舞蹈
不知名的鸟在夜游
徘徊在繁盛的枝梢
不知树
什么心情

起风了
宿舍楼前电线杆上粘着的粉色纸条在舞蹈
不知哪里的钟声正履行使命
遥远的音响贯彻夏夜的头颅
不知你
什么心情

风停了
灯火和月亮一起熄灭
盘旋的鸟栖息在婆娑的枝头

钟声的倩影

一动不动

我

一动不动

不知什么心情

2008 岛，城

"把青春献给这座
繁华的都市。"

我的记忆
掠过一些河滩
习习冬风　吹散了
它
驻足每一个
苍莽的山头——
我还能俯瞰你多久？

灯影里　你的妩媚
安睡在八大关通幽的小径
安睡在火红的五月的风中——
我还能凝望你多久？

深冬　你倔强而孤傲
暮秋　你肃杀而冷艳
盛夏　你葱郁而丰盛
初春　你缠绵而轻柔

把心　交付美好又多情的时节——
我还能与你相恋多久？

你是一个　流淌在光影婉转里的梦
我不会像现实中那样缄默
那些　放肆的欢笑
纠结的辛酸
晦暗的彷徨
如一阵风雨
慢慢烟去云散　销声匿迹——
我还能在你怀里
安睡多久？

你像一颗流星
我还来不及许愿
你就呼啸而过
我生命里徒留
你灿烂的尾巴——
我还能再见到你吗？

今夜　你太绝情
让我辗转反侧
我的心和繁星一样清醒

我在策划

一场告别的宴会

就在明年夏天

你来不及和我打招呼的时刻

你忙碌着其他仪式

我就想再看看你

再想想你

简单又不简单

荏苒的光阴

你为我创造了那么多故事——

十八岁　受伤很重

十九岁　渐渐康复

二十岁　平平淡淡

二十一岁　重蹈覆辙：

失重的轨迹反反复复

如果这就是你想要的

或许你以为我

不再是孩子

成熟到可以离开

那么我悄悄地走

但请让我

永远爱你

2009 情爱

我对江南音韵饶有兴致
苏烟缥缈的忧伤
熏黑一颗初春的眼泪
淡在北方的云里雾里

你作一首笨拙的诗送我
金沙滩顿时温热起来
我赤裸的双脚
在闪耀的砾粒中沦陷

你不曾柔软
好比朝阳从未谄媚
你年轻的微笑　是一个巨大的摩天轮
矗立在长江下游
与我隔世相望

这个肃静的春天
扼杀所有甜言蜜语
候鸟正惊恐地迁徙
离别在错乱中窒息

车水马龙的小城

镶嵌在一枝凋零的玫瑰中

千言万语

蜗居在破碎的信纸里

我在等待

五月那一场倾盆大雨

2009 家乡

是甩着拨浪鼓的收旧师傅拖着长调吆喝
是稀疏的绿荫下飘过一串串车铃声
家乡的乐音如此清澈饱满
一种悠闲，几处婉转

是炊烟升起时分温暖的等候
是杨叶嫩柳掺和着月季和蔷薇的幽香
家乡的气息不浓不淡
一分欣喜，几抹熟悉

是邻家钵碗依旧的老伯
笑呵呵地问我从哪里回来
问我何时再出发
我吃着他亲手包的饺子
仿佛从未远行

2010 光影婉转

辗转十二载流年
我拾到流淌在婉转光影里的梦
那挺拔的驻港礁石
那帘卷柔沙贝壳的白浪
那馨香细腻的纯绿
那缓缓上升的柏油路山坡

在那一簇坡峰
我触到闪烁在婉转光影里的梦
那气宇浩瀚的名字
那红瓦白墙的记忆
那令人景仰的学界丰碑
那起起伏伏温柔的曲线

这颤抖的曲线
非闭合　非平庸
却是包容着时代的新潮
还有日夜涌动　生生不息的呐喊
终究没有跌落的时候
向着清澈高远的心愿之乡

伸长　成长

最是那百般可爱的晴天
水分子集结成的海风吹起窗外花格子被单
提踵远望
那一斜斜阳光淋漓的海面与蓝色天际的契合
勾勒神明的脸孔
一样是深沉　是温暖

掬一把蓝色相思
献给光影婉转里海的呼唤
捧一抹罗兰紫问候
陶醉在波涛轻舐的校园林荫道

我耳目闭塞
将是这座海的城堡让我博大丰盈
我一时孤寂
又将是他点燃我生命的冰焰
感激的是　我不只在梦中跋涉　听到海的呼唤
而是欣喜地祈祷
你能悦纳这个小小的我
我已经到来

2010 小雨

你比江南的雨更美
人间四月
我不再贪恋
乌镇的水巷

你比江南的雨更多情
西湖边上
开满油纸伞
是你掩面的序曲

你漆粉色的发卡
是幻梦中的虹
你纤臂上亮银的镯子
是太阳的指环
你乌黑的眼仁
化作江北平原的一枚痣
点在让她看来最优雅的地方

你在诗作中写道:
爱世界

胜过世上任一个

儒雅的男子

2010 礼物

你从故乡来
从遥远的故乡来
带给我一席故乡的浓荫
一捧故乡惺忪的月光

带给我一丝纠结的白发
一道不深不浅的皱纹

带给我一个微微发福的背影
和一段　为我而弯曲的青春

2011 足迹

我听到
日夜涌动
生生不息的
呐喊
帆——我看到
一千个白点
和水纹的光辉
交错　再分开

我和你
交错　再分开

我给你的信
留在首饰盒里
证明你来过

其实不用证明
枕边的积雪融化了
你若不曾来
为何我这深冬
竟宛如初春

2011 想象中的父母之爱

我们约定：

下次的约会　在三十年后之秋

想象　彼时的枫叶

是否如今日　傍晚五时三刻的天空：

醉饮，泛起酒红

我们约定：

下次的约会　在三十年后之秋

我蹒跚的腿脚　怕再舞不出

二十岁　烛光里的华尔兹

你发福的轮廓

怕再套不上

二十岁　笔挺的西装

我们约定：

下次的约会　在我们老去时

岁月磨平你的棱角

生活领走我的倔强

我会为下一次相见　雕琢一个妆容

你是否　会为那一次的相见

染黑斑白的鬓角?

我们约定:
下次的约会　在我们老去时
你是否像我一样
如一枝盛开在暴风雨中的百合
似一页偎依在海角天边的枯岩
像一根埋在土里的电话线:
顽强地
寂寞地
无悔地
等待?

我怯于想象
下次的约会
我怯于想象
流于三十年光阴的
天翻地覆　物是人非
悲哀而浪漫的憧憬
化作一只萤火虫
熄灭于草莽
殊不知
我的心

早已牵起你的手

盼着每天

都是下一次的约会

2023 流浪

流浪汉，流浪者，为什么没有流浪家？
为什么不叫流浪家？

曾经看到"小红书"一个帖子，题目加图片叫作
《带着一本歌德诗集去流浪》。
流浪为何不可以是一个精心的选择，一场看清世界
或为看清世界的告别，
一束充满理性的疯癫？
或孤独，或结群，像杰克·凯鲁亚克笔下的
"达摩流浪者"（The Dharma Bums）。
城市中的人，循规蹈矩生活的人。
自命不凡的人，可怜的人。
再看看那些安于放逐的心灵和身体吧，
怀抱清澈吧，或者用生命把清澈重新赎回来。

如果这辈子不能做一个流浪家，就让思想去流浪吧。
在山间，在城野，在清白的早上。
静，在历经视野繁华之后；
空，在抛弃所有拥有之后。
以简胜多。

返璞归真。

细枝末节困扰不了我,
大器晚成的赢家是无为。

2023 To whom that I saw

I never thought about seeing you again,

eyes into eyes.

Trapped in an unsweetened summer afternoon,

I woke up with a foggy man whose meta was melting

into a cup of ocean.

Dry ocean, drying, the man was bit by a slide of silence

Whose teeth had no edge and sense had no sensation.

Yet hurt, hurt so badly,

the man startled: "what kind of creature is this？"

Lying hugely, seemingly humble, hunting

dreams and their belongingness, stirring

souls and spirits with serendipity, gazing

into a process that was called gasification,

so unsweetened,

so plain, vanishing into nothing, nothing as eternity.

The man never managed to get back into shape, as

I was never able to get out of the trap.

But to my surprise,

海，水，如影随形

I saw you, there too at the bottom of a dried ocean,

your eyes were as dreary as I stared into them,

them as the dried ocean of afterlife.

To whom that I ever saw.

†

A Reading Reflection from ZZ
（来自 ZZ 的回复）

To whom that I read:

I always knew I would be reading you.

Again, sense melting in your words.

Sipping a cup of ocean,

I choked up with words unsaid,

thoughts unexpressed.

Till next time, to whom will I ever read.

Sweet Thames, run softly till I end my song,

Sweet Thames, run softly, for I speak not loud or long.

T.S. Eliot, *The Waste Land: III. The Fire Sermon*

†

Till Next Time，下一次

Till Next Time

这是你邮件署名上方的祝福语签字。
如果它是一个约定,我想知道,
它将怎样跨越国界,跨越时空,
跨越我们心中的爱与沟壑,我们
人前的骄傲和人后的秘密,成全
我们得而复失、失而复得的想念。

Till next time,这是我在每个季节交替时候的愿望。
它像一股轻轻徐徐的风,海上的风,吹过我耳旁,
落在我的发卡上,落在我白衬衫的衣领上。
风说:
你来造一条纸船,写满心思,等一个冬天的日落的傍晚,
我送它出航,在一片清凉的蓝紫色的夜光里;
在下一个万物复苏的春分,你的严寒和疲惫都不再倔强的时候,
它就到了。

Last time,你为我造了一个刀枪不入的盾牌,
我们接过我们前辈手中的旗帜,并入一场
横跨江海的战斗。你保护着我,像兄弟,穿越
层层叠叠的关卡;极简言语,一针见血;

你说我们仗剑天涯,无问西东。形同虚设的时间,
在你的思想里,震颤,流浪,回归——At that moment,
Till next time.

我相信,这是你的智慧和爱,以及我们
有所顾忌也无所顾忌的期待。渴望与付出,
是我们的固执与坚持、在意与不屑;
Till next time,你一如既往地写下这一行,
仿若一切发生过,也都还未发生,昨日,
我想着你的所有都在昨日,Till next time,
"昨日在昨夜结束"。

†

来自 ZZ 的回复,引用 W.H.Auden:

Let not time deceive you; you cannot conquer time.

Time,次,时间;下一次,直到下一次,直到永恒。

导师的话

博士一年级开学前，终于见到导师。他办公室很小，左手边是一个书柜，右手边是一张大桌子，上有一台老台式机和堆成小山的书本、手稿等文献。导师头发花白，戴眼镜，满脸睿智的微笑。那天我向导师做了自我介绍，他饶有兴致地听着，时不时问些问题。我说："我之前在加州读书，念完了 TESOL Master（英语教学的硕士专业）课程，学业内容应该和我们学科（Applied Linguistics，应用语言学）紧密关联，我感觉我应该挺适应接下来的学术生活。"听罢，导师微笑，说："Trust me, Ph.D. is a completely different story. You'll soon figure out what I mean."（相信我，博士学业截然不同，你很快就知道我为什么这样说了。）是吗？我当时虽然表面点着头，内心却充满不信和挑战：我肯定很快就适应。Ph.D. is a completely different story（博士学业截然不同）——这句话是和导师第一次见面印象最深刻，也印证着我整个博士学业生涯的一句话。五年中，每逢挫败到怀疑人生的时刻，无数的时刻，我都为当年心里那股不屑的劲头，感到无比好笑。

第一学期上了导师开的一门课。他的风格是慢条斯理，娓娓道来。期末作业是一篇文献回顾论文（Literature Review），主题需要自己根据当时的科研兴趣来定夺。那个时候，初尝读博的滋味，上边导师那句话已经应验。辗转数个难熬的日夜，我总算完成了这篇作业。两周之后，导师把大家的Paper（纸打作业）拿到班上，上边有分数和手写评语，下课各自来取。我忐忑地来到讲台旁，找我的Paper。我发现它被夹在一本书里，就小心翼翼地把它拿出来，抬头页的分数居然是满分！我确认了好几遍，这确实是我的Paper，然后迅速翻到最后一页读评语。导师对我这篇文章的评价蛮高，还提出了后边继续研究此问题的建议和方向。读完评语，我走到导师面前，跟他说谢谢。导师说："Take that book, it is for you."（那本书是给你的。）我瞬间一阵惊讶，那本书，是导师送给我的？！我回头去拿书，才注意到这是导师和另外一位教授联编的一本文献合集，主题恰好就是我那篇论文题目。导师说："你写得很不错，是个好的开始。这本书送给你，回去好好读一读，我们再来讨论。"导师送书、打分和评语，以及后来我们围绕这个主题长达三年的探讨、论辩和交流，彻底把曾经徘徊在"博士到底适不适合我，到底是读还是不读了"这个关卡上的我紧紧拉拢并拴在"一条路走到黑"的一头。每每困难来袭，我都会想起导师是如何坚定地选择我，鼓舞我，让我从懵懂和摇摆变得坚持和有主见。导师的这本书，我珍藏至今。一直以来，它都不仅仅是一本汇集着前沿思想的书目而已——它更像是一个护身符一样，保佑我走出无尽的学业的和生活中的坎坷。

  博士学业期间，常去导师办公室求教和探讨问题。导师会指给我很多书籍，讲他和它们的故事。导师曾经在香港任教，经常会给我们几个学生看他以前在香港的照片。他的书柜里还有一本《毛主席语录》。后来我写一篇关于二语诗歌习作研究的文章，导师和我就兴奋地聊起诗歌。他说："毛主席是个很伟大又很神奇的人啊！你能否想象，一个诗人，是一个诗人建立了一个国，指点江山！诗歌对于中国人来说意义非凡……你自己创造的这个'Poetic Capital'（诗性资本）这个词也是蛮有意思，我希望看到你对它更多的，在当下这个时代的定义。"导师一席话好比一石激起千层浪。那次拜访之后，我总感觉自己像打了肾上腺激素一样，加速实证研究和写写写，终于在年末发出了第一篇一手实证研究论文：《Poetic Capital: 论诗性资本》。另，导师和中国的渊源有很多，当时在 Columbus（哥伦布市，美国俄亥俄州），他说会专门去中国城买念慈菴枇杷膏，说那是当老师必备的治嗓子良药，很管用。当时我觉得导师是个特别可爱的爷爷。

有一次导师生病，取消了和我们所有人的见面，我们都很担心。他康复以后我们去看他，他说，我的眼睛很难受，你们可能还不知道，我的一只眼睛是瞎的，只有一只眼睛可以看到东西。每次生病，那只瞎眼就会感染，挺难受。当时我们才真正仔细看清导师那只坏掉的眼睛，是啊，那个眼睛确实是灰暗色的，以前居然没有发现。知道以后，我们对导师更加肃然起敬：他身体如此不便，依旧心无旁骛地做学术、学习、教书育人，从未懈怠、从未停止，这是怎样的信念和毅力，又是怎样的乐观和纯粹啊！

回头看看读博的几年，导师对我更多的是鼓励和引导（俗话"散养，放羊模式"），从未发号施令。每次去寻求他的建议，他都一定要我把想法落实成文字。他说："你写出来的内容和你说出来的内容，细节和逻辑会非常不同。针对我们学科的学习，只有你们把想法写下来给我看，我才能做到细致地评论和修改。"导师说："写作是更高级思维模式的展现，写作的过程，已经在数据分析的层级了。"(Writing is higher-level thinking and itself is an analysis.) 如导师所言，这些年，科研点子无数，但真正落实到文字的过程，自己就会发现很多模棱两可的地方、逻辑不自洽的地方、错误的地方、需要再深入探究和搞明原理的地方。慢慢领悟到，写作其实是一个导师让我们自我反思、自我修改的方法和过程。久而久之，写作让我们更加有能力倾听自己，发掘自我。当然，就写作成果而言，并不是所有的思路和文章都能得到导师的肯定。博士论文开题，我花了近四个月时间研习和写作，导师读完我的开题报告对我说，这条路并不可行。听到不行的一刻，我是很沮丧；但细心揣摩导师讲给我的为什么不行之后，我剩下的都是感激。导师的逻辑指引是教给我断舍离，学会分析和研判当下社会的需求，从需求和可行性出发，重新定位课题的意义和方法，只有这样，才会掷地有声。紧随导师的指点，我又花了整整三个月重拟开题报告，最终得到了导师和博士论文委员会教授们的一致认可。

时间退回去一点，在论文开题前的一个学期，我上了导师开的另一门课。那个时间，我已经通过博士资格考试（Candidacy Exam），心态略微放松。加上随后到来的开题阶段，导致我这门课上得并不专心。最后期末论文，也是一拖再拖，问导师要迟交作业权限，然后拖到最后一天。看完我的课程论文，导师只有一句评语："这篇文章远远不是你平日的写作水平。"就这一句话，不怒自威。和以前导师洋洋洒洒的评语相比，这句话让我非常羞愧。于是我发誓再也不要导师读到我的烂文章了。这一句话教给我的道理就是：你要自己对得起自己，也要对得起导师为阅读和指导你付出的所有时间。

读书期间，每年都会写个人年终总结：今年学业进展如何，学术方面有哪些阶段性成就，未来一年的努力方向是什么。看完我的总结，导师留言一句话：你要多去参加学术会议，不要害怕在众人面前展露你尚未成熟的思想，一切都是历练。谨遵导师这句话，那一年我投稿了好几个年会，命中率还挺高。在那些年会上，我遇到了很多优秀的同人，甚至知名学者。我展现了自己的思想，同时也在更优秀的人群和思想里，更精确地定位自我。实践中，我终于明白了导师的良苦用心：在更宽广的视野里，你会知道你自己在做什么。有一年的年会，我结识了另外一所大学的博士在读生 ZZ。出于对彼此科研和演讲的欣赏，我们建立了深厚的学术友情。四年前我们相继毕业。2022 年，我们一同策划并开启了一个跨国联合课堂，进行了我们第一次教学合作，开辟了我们学生们的视野和合作。我们感叹着，我们的导师都退休了，现在，是我们接替他们的船桨的时候，开始我们日渐成熟的一代年轻学者的猛烈的"兴风作浪"！

毕业论文。我的毕业论文写作周期，其实很短。这和我自己前期预想截然不同。我慢慢找到和导师线上加线下沟通的节奏，感受到那种量变引起质变，以及顺势而发的酣畅淋漓。四个月的时间，交稿、改稿、定稿，文件上全部是导师精细的批注、提问、修改和评论。当看到导师"You are ready for the defense"（你可以去答辩了）这一句，我知道我离成功真的只有一步之遥了。

回想跟随导师的这几年，比起"具体应该怎么做，怎么写"，他教导我的，更多是"为什么去做，为什么去写"。在导师的指引下，我知道什么叫忠于内心的科研和写作，并学会寻求恰当高效的方法。方法找到，我要如何去执行？迷茫时期，我要怎样去度过？——我经常对我的朋友和家人说，博士这些年，我学到更多是"什么是理性"，"什么是理性思维"。

博士论文答辩当天，一切都非常顺利。最后，答辩场的其他教授离席，剩下我和导师两人。导师张开双臂，给我一个大大的拥抱。这似乎是我之前学生时代，想都没想过的事。"Congratulations, Dr. Zhang!"（恭喜你，张博士！）当听到导师称呼我"Dr. Zhang"，我瞬间热泪盈眶。我从未感受过，什么可以叫作"成就"——我觉得我从没有过什么成就，但那一刻，我觉得我终于学有所成。

我的学生时代，在导师的见证下，光辉落幕。但在我心里，我永远是个学生，是我导师——Dr. Alan Hirvela 的学徒。

在那场颇具历史意义的两人谈话中，我知道，人生第一次，我和导师的抬头——Dr. 平起平坐。那种成就感，其实是在一代大佬面前，卑微的成就感——一种非常奇特的感觉油然而生。我永远都记得那个时刻导师对我说的一番话：

> 从现在起，你的航行才刚刚开始。以后将不再有我，我们（学院其他教授）像你读书时一样地指导你。现在我们放心把你作为独立的学者，交给更广阔的学术天地。学海无涯。你接下来要学习的东西，是你在学生时代几乎从未亲身经历的东西。你有太多东西要去学习，在无止境的学习中继续成长。
>
> 恭喜你已经找到一个不错的工作，作为开始。在新环境里，作为一个新人，你依旧要少说多做。你要头脑清醒，知道什么能说，什么该说。
>
> 我相信你——你是我最优秀的学生之一。

我忍住泪水。很多次的回味，我都忍住泪水。像今天，我把它写下来，我忍住我对导师和那段岁月的尊敬和思念。导师教给我太多，他教给我的是读书越多，人会变得越谦逊。

并不是用言语讲出来，导师本就如此一人。

读书时，有一次和学姐聊天，她说，有次出去开会，看到了 Hirvela 教授。在机场，他一个人在候机厅的座位上坐着，无人打扰。他望着窗外，看飞机起落，像每次你我见到他那样——微微笑着。

†

Acknowledgement 致谢，Dr. Alan Hirvela
（写在博士论文正文之前）

Dr. Hirvela:

I am very grateful for your mentoring, your support and encouragement over the past five years. I still remember that in your L2 literacy class in my first semester of doctoral study, I wrote a literature review on L2 speaking-writing connections. By reading my work, you provided me with detailed hand-writing comments and gave me your edited book (with Dr. Diane Belcher) on the topic of L2 oral-literate connections. It was your feedback, your book, and your encouragement that motivated me to explore this topic in greater depth. Following your advice, I developed my research on the speaking-writing connections into a candidacy exam paper. During my oral exam, your insightful questions and comments offered me directions for proposing an empirical study on the speaking-writing connections—and that comes to the present study of this dissertation. Now, looking back on my way to dissertation, I see how you walked me through each step of it. I would never finish this work without your help. Besides dissertation, you encouraged me to transform my personal interests in L2 poetry writing into an active research agenda. It was by taking the apprenticeship study with you that I carried out this poetry research, presented it at conferences, and published it on a peer-reviewed journal. I appreciate the time and efforts you spent in cultivating my research interests and supervising my research conduction. Your work ethics and passion for research have always inspired me.

In addition to research, I want to thank you for trusting me and appointing me as the graduate student representative for T&L Graduate Studies Committee. Through attending faculty meetings and acting as the liaison between graduate students and faculty, I have developed various skills that are crucially

important to my academic career development—
thanks for this valuable opportunity. Also, thank you
for helping me with my academic job search; thanks
for all the suggestions, advice, and support you gave
me that made me more targeted and confident on
the job market.

Furthermore, I want to thank you for caring about
my doctoral life. It was your excellent, humanized
mentorship skills that encouraged me to move
forward and complete my degree. I am honored,
and always will be, to have been your advisee.

做您的学生,是我一生的骄傲。

写给疫情中所有互相陪伴却
不曾谋面的陌生人

7月是一把火,燃烧着疫情的三个多月里,我们
攒下的惴惴不安和忧心忡忡
这段时光以及它承载的情绪,可能成为一个个有声有色的故
　事,代代相传
但它们最终,在宇宙的历史书里
也会连同人类诞生繁衍消亡的命运一起
被一笔带过

一些刻骨铭心的细节
伤痛,或者希望,在磅礴的星河沙漠里
甚至连一粒微尘,都不算

赶在时间将它们燃烧殆尽之前,我
努力记住2022年3月底的一天傍晚
和妈妈走到小区外指定地点做核酸检测
初春的那天冷过一整个冬天
四个小时的长队似乎长过前半生所有的等待

寒风里,我捧着手机

和网络上认识的，凑巧身处同一个
历史旋涡的陌生人，聊着对眼前未来的忐忑
互相的问候和关怀，回家路上周边小店亮着的灯光，街上些
　许的冷清和稀疏的人群
以及隔着口罩，闻到似乎是烧秸秆的烟雾缭绕
我对妈妈说："今天怎么有点像北方的大年夜。"

三个多月过去了，我，我们
慢慢地等到了近乎寻常的生活
可惜一切都不再一样
可惜我们没有等到，在那个时光里，有始有终的挂念

7月，燃烧着那个说不清情绪的傍晚
燃烧了我脑海中言语文字构架的
你，我——
依旧在混沌的群居中，焦虑地
慢慢地，等待一切
燃烧殆尽

洛杉矶

2011年，我21岁时，来到洛杉矶。落地LAX机场，我闻到一股很特别的味道：描述一下就是不太熟悉、不难闻的干净的味道，异国他乡的味道。后来跟很多人提起过这味道，有人说应该是美国那边常用的一种消毒水；有人说是那边植物大规模除虫的除虫剂味道。至今还是个小谜，不过后来往返中美，那就是我心中很熟悉的美国味道。

初到洛杉矶，一心想找好莱坞。傻傻地以为好莱坞这种大地方，一定在市中心。结果上了一趟开往市中心的公交车，下车发现，正中午的Downtown LA（洛杉矶市中心）没什么人影儿——8月天很热，街上除了楼就是车，哪有什么好莱坞。沮丧之际，来到Metro地铁站，碰到三个墨西哥少年，问他们知不知道好莱坞怎么走，他们热心地告诉我先坐Purple Line（紫线），再换Red Line（红线）到Hollywood Bowl(好莱坞碗）下车即可。几个孩子还帮我这个外国人用quarters买好车票。就这样，我第一次踏上了去好莱坞的地铁。最终，下车的那个Hollywood Bowl出地铁有一段很高很长的上行电梯。我靠右侧站在电梯上，紧握着扶手，期待着到达的样子。我到了——这就是好莱坞！这条街，这就是电视里看到过的星光大道吧！看地上铺着、刻着明星、导演、作家等名字的星星地砖——天啊，就是这里了！我向右手边看看，一路径直走上去——Dolby Theater（杜比剧院）、Hollywood Highland（好莱坞高地）、Forever 21、杜莎夫人蜡像馆……那串以前出现在美剧里的地标，一个挨一个地映入眼帘。第一次，在兴奋到朦朦胧胧的感觉中，在四五点的落日光里，我大踏步走上日落大道（Sunset Ave.），没有特意进去街上的哪家店哪家酒吧仔细看，只是不停地向前走，向前走。那时刻，我知道，我走在人生新奇又兴奋的大道上。

后来在洛杉矶的年月，只要得空，我就会去坐这条熟悉的地铁线路，去星光大道走一圈。那里有加勒比海盗真人扮演秀，有成群的费尽心思兜售自己嘻哈专辑的黑人小哥，有全世界各地的肤色、面孔、背包客和语言，有被人流冲淡的各种香水化妆品的味道，有无数精致的，或者宏大的电影宣传海报和小册子。我跟朋友们说，别开车，咱们坐地铁去星光大道吧！于是几个人开心地一路坐车过来，遇到过搭讪的、乞讨的、打着鼻钉唇钉的、满身图腾文身的、弹琴的、表演的、奇装异服的，还有警惕地紧紧地盯着我们外国人的……那个时刻，并没有太多传说中会感到置身奇异和危险的境地；那个时刻，眼里和脑海里，都是不曾见过的奇幻风景。晚上回来，我们要么顺路去韩国城吃蛤蜊面，要么绕道去小东京吃日料。最无忧无虑又胆大兴奋的岁月啊，如今想起来，还是那么闪耀。

"今天星光大道封闭了,是奥斯卡典礼仪式的戒严;你看,那边都是警车和直升机。"

"咱们去 Sunset Ave. 的那个书店吧,据说是莱昂纳多经常光顾的,要不要去碰碰运气!"

"我从好莱坞那边的 Forever 21 淘了很多好看的便宜的衣服,你快来看看!"

"你看这个多有意思:通往成功之路的捷径,就是通向导演的床!哈哈哈……"

那时候,所有的不好情绪,没有不能在逛好莱坞的一阵笑声中解决的。

初到洛杉矶,时时刻刻都警觉着头顶直升机飞过的噪声。其实我还是很喜欢、很适应这个声音;低空飞行的直升机太酷了,LAPD(洛杉矶警局)出动,那就是美剧里的巡逻和抓捕行动呀。

Catalina 街。这是一条犯罪率高发的 Downtown LA 街区,起初自己找到这个住所和搬进去的时候,并不知道。街的名字很好听,住的 House(房子)也不错:我在二楼,隔壁房间是已经毕业在工作的校友姐姐,中国籍。我入住当晚,姐姐回来特别跟我打招呼。她很开朗很热情,直到我后来搬进了学校的公寓,她依旧住在那里。走在 Catalina 街上,时常可以看到高高的电线杆上,挂着一双绑带运动鞋。一次,两次,见多了就问朋友:"谁这么有才啊,把鞋子绑好挂在这么高的电线杆上?这是在干吗?"有的说:"估计是喝多了。"有的说:

"据说这是什么秘密交易的接头暗号呢。"直觉让我更相信是第二个解释,想想背后一阵冷汗。

有一天,也在附近住的朋友 show 给我看:"咱们这条街,方圆几公里,犯罪率也太高了,每天平均十几起抢劫呢。"我的天啊,我听到心里去了,便给自己立了个规矩:每天晚上八点以后绝对不单独出门行动——不单独去学校,不单独去超市买东西,不泡吧,不喝酒,不去夜店。

2012 年的一个早上,照常开机,手机被未读信息和电话语音留言箱轰炸了,这是怎么了——家人的,朋友的,学校的——都让我快回消息,问是否安好。一看就知道不对劲儿,出事了。再仔细一看当地各大头条:午夜时分,两位中国籍同校留学生在我住所附近两个街区的地方被乱枪射杀,当场死亡。我手一抖,天啊,是谁?不会是我认识的人吧!?这是我的第一反应。回过神后,我连忙打电话回家报平安,同时给学校留学生组织报备,一切安好。爸爸妈妈和姥姥他们说,新闻传到国内的时刻,所有人都吓死了。打我电话,关机,都要急死了。对于所有没有死于这场枪杀中的中国留学生,都是不幸中的万幸。那两位同学,后来知道是我不认识的同胞。我不知道用什么样的语言可以表达惊愕以及对他们的惋惜。在这一刻,天使之城洛杉矶就是一个人间地狱,恐怖,恐慌——因为这一切发生得太近了,距离我,距离我们每一个当年在校的中国留学生都太近了。

后续:嫌犯两名被抓,都是刚刚成年。犯罪性质是无差别枪杀——这绝对是世界上最崩溃最痛心最无语的事情！离开洛杉矶两三年的时候，我听说这个案子最后的判决还尘埃未定……

世事变迁，时间是否真的冲淡了当年的惶恐和不安、细节和名字？至今，说到洛杉矶，我都会不自觉想起这件事。每次，我都为我素不相识的两位同胞祈祷，至今，希望他们能够真正 Rest in Peace（安息）。

这件事情，导致很多当时住在 Catalina 街附近一片的留学生搬家。我也是其中一个。我搬到了学校的公寓，其实 Catalina 街本身就是离学校很近的一条小路。奈何学校坐落在 Downtown LA，如果你熟悉那些并不是都市传说的、真人真事凶杀案，未解之谜（比如年代久远点的黑色大丽花；比如前几年的蓝可儿失踪案；再比如该校附近太多的车祸和其他类案件），就会知道这块地方，多么的让人谈之色变、又爱又怕。

在校学习的一年多时间里，居然没有在校园里边上过课。我们 TESOL（英语教学）专业定位是一门实践性很强的教育教学专业，所以课程设计一半是理论课，一半是实践内容。理论课程部分，设置在洛杉矶市中心 AT&T（电信）大楼的高层。每周上课的日子，都由校车接送。实践课程的部分蛮有意思，对于我也是前所未有的经历和探索。

我们每位同学，在第一学期的部分理论课程之后，需要填报自己的教学兴趣和专攻方向。学校收集大家的信息，把大家安排到当地有合作的教学站点。前期是置身其中观摩课程，后期则是和学校老师合作编辑课程、授课。

第一个实践学期，我和其他几个同学被安排在洛杉矶当地一个教堂服务部门，这里专门为暂无美国身份者提供基础的语言课程和培训。一整个学期，我都要和其他几个同学一起，在那个教堂服务部门，观摩语言课课堂，做课堂记录，讨论和分析课堂进程、师生互动，以及学生的学习与反馈情况。必要的时候，我们也可以为那些移民难民学生提供额外的课后语言辅导，以会话为主。

教堂语言课程的负责人说，其实这些移民难民，特别是没有身份的人，在洛杉矶生活得很辛苦。他们大多数语言不通，年长，有些在异国他乡漂泊多年，有些遭受了他们本土的迫害来寻求政治庇护。他们中的一些，已联系不到其他的亲人，只身一人，求助于教堂和我们。对于这些学生来说，语言课，一方面是要帮助解决他们最基本的生活语言需求，比如去超市购物，坐公交地铁，问路求助；另一方面，这课程可以把他们聚集在一起，让他们互相取暖，交个朋友，不至于太孤单。

教堂的语言课非常欢迎我们这帮学生的到来。老师们在课堂上介绍我们，给我们安排座位，方便我们进行课堂观察和笔记。课程的内容是简单的，比如教大家最基本的介词的使用方法，或者日常生活对话。一些年长的学生，反应慢，学起来比较费力，因而内容也有不少重复。我当时的笔记还写着："他们上课的时候，时不时会看看我们，冲我们笑笑。"有些人随身带一些照片，语言能力好一点的，会用英语夹杂着当地（我们听不懂的）语言，讲如何一路奔袭来到美国。虽然语言交流磕磕绊绊，但是那些善意的微笑、真诚的情感和慈祥的面容，理解起来毫无障碍。

在这里的时光是慢慢的，我课堂笔记内容也是慢慢的，并不太多。有一次，课后跟教堂的老师分享心得，老师说："哎，这些年来，我们开设了这项语言课，可以看到，有些学生，上着上着课就突然不来了，他们不是不愿意来，是去世了。"

我们几个学生听到以后，感慨着，这得是一种什么样的悲伤啊。没过多久，班上一个叫 Andrew 的爷爷就没有再来上课。印象很深刻，因为这位 Andrew 爷爷是班上英语最好的几个学生之一。他也特别喜欢我们，下课就来找我们比画着聊天。我们还答应过他，等上完这学期的课，就带他一起去韩国城吃蛤蜊面，他很开心，很开心，笑起来能看见一半牙齿都没有了。

但世事难料，笑着笑着，他就不见了。

我们只能想着，说着：再见 Andrew 爷爷；再见，洛杉矶。

> I even don't have a picture of him; he lives only in my memory.
>
> 我甚至没有一张他的照片；他活在，并只活在我的记忆里。
>
> Titanic

Papa Joseph（约瑟夫爸爸）

和美国约瑟夫爸爸最后一次见面，是在 2015 年盛夏的芝加哥。那天我们去了博物馆，在湖区岸边的沙滩上，顶着大太阳写诗。我们手写的诗稿丢了，可惜。但那天他讲了很多很多家事和心情，我都记住了。傍晚，我送他到车站赶开往芝加哥周边小县城的 Express Train（快车）。临别时分，他看着我一脸不舍："Oh, kiddo, kiddo...."（孩子啊，孩子……）每次邮件和见面他都会这样叫我。难道那个傍晚，他预料到我们终将再难相见吗？他看起来非常悲伤，棒球帽下是他灰白色的卷发。我不由过去挽着他的手臂。

我说："我可以叫您爸爸吗？您感觉很像爸爸。"

他说："孩子，你想怎么叫就怎么叫。"

约瑟夫爸爸上车。那天的车大概开了很久吧，最终开向雨里。

约瑟夫爸爸是我在加州读书时候的教授。他是学校特聘来的，学校在洛杉矶，他家在圣地亚哥。每周上一次课，他就从圣地亚哥坐小火车来。他教的那门课是关于语言课程设计方法论的。第一堂课，他西装革履，那身西装特别崭新平整，约瑟夫教授显得高大而深邃。走进教室的时候，他不紧不慢地从随身携带的小行李包里拿出来三张相片，摆在讲台桌子上。他介绍说："这是我的女儿丹尼，我很想念她。"照片里的小女孩特别可爱。他和女儿在一起合照的样子很幸福。那个时候我就知道，约瑟夫教授一定是美剧里的那种典型美式好爸爸：高大、和蔼、亲切、真实，爱意满满。

课程设计方法论的第一节，约瑟夫教授简单自我介绍过后，就抛给我们一个问题："你们觉得，什么样的老师，是好老师呢？"大家思考片刻，给出多种多样的回答："关怀学生需求的""课程高质量，能真正让学生觉得有用的""能通过课程培养学生人文情怀和语言学习激情的"，等等。

约瑟夫教授频频点头。听罢，他说，其实啊，每个人心中好老师的标准都不一样。什么是好老师？最简单来说，"A good teacher is the one that quits all the characteristics you don't like when you are a student."（好老师就是不具备那些在你当学生时，你讨厌的老师的身上的东西。）这一句顶一万句啊，那个瞬间，让很多在座的学生 aha moment（顿悟了）。

约瑟夫老师的课程内容和他授课方式、留的作业，总是很吸引我。他不是呆板地照本宣科，颇有《死亡诗社》里"Oh, Captain! My Captain!"（哦，船长！我的船长！）的风格。有一次作业，教授让我们设置一个45分钟的以内容为导向的英语语言口语课程。面对这个半开放的作业题，我思考了很久，最后写了一篇以Cleopatra——埃及艳后为核心继而发散到埃及历史片段的内容的课程设计，约瑟夫教授给了我满分。他手写评语说我的课程内容引人入胜，同时又以语言练习任务和目标为核心，定夺内容以及词汇和概念的深浅与广度。表扬之余，约瑟夫教授还提出了一些建议，让我更好做到内容和语言能力培养模块的平衡。

一年半的硕士学业课程，约瑟夫教授只给我们上了这一门课。在这种情况下，课程结业，学生便很少会和教授保持联系。但是，我不得不说，这是我硕士课程中最喜欢的一门。除了上课时间，我课下和约瑟夫教授也时常互动。我们互动的根基，就是从这篇埃及艳后语言课程作业开始的。约瑟夫教授绝对是个认真批改学生作业的好教授。他从一篇更偏向学术性课程设计的作业纸上，读出了我对创意性写作(Creative Writing) 的喜好。后来几次下课的时候，他来问我："Helen, you do creative writing, right? Like poetry."（我猜你平时写诗之类的吧？）说实话，我那时很慌，不敢在一位大教授面前，承认自己那些还太过于幼稚和浅薄的诗歌尝试。我那个阴阳怪气的"Yes?!"（是吗?!）逗得他直笑。约瑟夫教授自己就是个诗人——我那个时候才知道。

他是我的领路人，从学术和写作的各个方向。从那天开始，下课后我们总是互相等着收好东西，大包小包的一起去坐校车，我往回学校公寓的方向，他要继续再坐一段路，找靠近火车站的地点下车，回圣地亚哥。校车上十几二十分钟，往返洛杉矶市中心和学校——这是我和约瑟夫教授课外对话的好地方，好时间。我们有几次一路写诗，有几次听他讲故事——才知道他和妻子早就离婚，女儿跟着妻子远赴欧洲。

老来得子的约瑟夫教授，从此基本没有见过女儿，他思念到不行，所以每周装着女儿的照片来上课，摆在课桌上——照片里女儿的那个年纪和样貌，是他所有的图像回忆了。在我记忆里，约瑟夫教授一直在努力通过司法途径想见到女儿。我希望他如今如愿以偿。

硕士学业毕业以后，我还和约瑟夫教授保持着密切联系。他知道我在洛杉矶又待了一段时间，做兼职工作，后来回国做了托福老师。那时候我就邀请他来中国玩，他说时机还不成熟，也换了工作，需要稳定。后来我又回美国读博士，才有了2015年的芝加哥见面。

那次以后，我们依旧邮件往来，我坦白我大概因为学业压力有点儿大，科研方向迷迷茫茫，信息回复得都不太及时。约瑟夫教授一直在鼓励我，关怀我。每一封信件里，他都把我当成孩子，叫我 kiddo。每一次对话，他都告诉我："你一定可以做到很好！"他还告诉我："For the (doctoral) degree, you need to finish it as soon as possible, whatever it takes."（博士学业一定要心无旁骛，一气呵成。）

这一句我一直铭记，大概这就是我脑子里那根隐秘的弦——往后读书的日子，所有事情，我都尽可能快地尽早地高质量完成，中间不得停歇。最终，我竟然真是我同一届同学，一共六个人当中，最早毕业的一个（不到五年）。

四年前，我给约瑟夫爸爸写邮件，告诉他我终于博士毕业了。他兴奋地恭喜我，问我去向，问我科研和论文的细节。毕业论文，写在一切正文之前的"致谢"，我当然把约瑟夫教授写了进去：

> I extend my sincere thanks to my professors who imparted knowledge and lent me their intellectual support for my pursuing the doctoral degree. Dr. Joseph DiLella, Dr. Keiko Samimy, Dr. Sarah Gallo, Dr. Ana Soter, Dr. Michiko Hikida, and Professor Hongfeng Deng: I will never forget the insights, encouragements, caring, and attention that you gave me; each of you contributed to my doctoral study in so many different ways.

我的约瑟夫教授，我的 Papa Joseph，他现在定居在巴西，重新组建了小家。他还在传道授业。我们仍有联系，但是不频繁了。疫情的确影响很多，他也不想再频繁搬家换工作。我希望有一天还能再见到约瑟夫爸爸，只是不知会是何时。

Your Story 这首诗，就写在芝加哥，和约瑟夫爸爸分别后的那个雨夜。谨以此诗，我希望我永远记得他的背影，和那段曾经载着他，穿梭在洛杉矶和圣地亚哥的岁月。

Your Story

Night came.

Night comes again, dark and wet
A drop of drizzle damps your numbness

You breathe, blink
You are hungry
but life desserts are never ready

Wind blew.

 Wind blows again, themeless
senseless. You say, she smashes all landscapes
disturbs all seasons. Overnight,

from San Diego to Switzerland
she grabs your four-letter cosmos
D-A-N-I, Dani—

Your daughter is gone

Your love is murdered

Dani's mother, you say

"She told 2-year-old Dani that

papa doesn't love you anymore"

A brutal sentence, gives birth to fear

stubborn and stupid. It roots

burns, carving your wrinkles

and ashing your sigh.

For seventeen months and twenty-two days

you plead, you yell

"come on lawyer, do it right!"

You Twitter your tears, Facebook your pain

You need a huge, huge donation—humanity

hope and home.

What is in your home?

That black suit is hanged in sorrow

Your twenty-year-old dissertation remains single,

clean and profound. Time aches

Time dyes

Their eyes, your eyes, your sympathy

Dusty blue. In late March

you all wear winter, at home.

这里是墨西哥，This Is México

2018年夏天，安排了一场前往墨西哥 Guanajuato（瓜纳华托）学术会议的行程。

墨西哥离美国太近了，飞墨西哥城也不过三小时，落地签证；加上美国本身就有大批的墨西哥移民，之前还在加州的墨西哥人聚居社区生活过一年——这一切造就一个假象：我似乎对这个地方和这个地方的人不会太陌生。

掉以轻心，准备不充分——我这个外国人，居然在墨西哥这地方，差点有去无回。

落地城市叫 Silao（锡劳），我和朋友顺利通关签证，到达租车地。车子租好，开到提前订好的一家连锁酒店，房价特别便宜，距离我们的目的地瓜纳华托也很近。一路开到酒店还算顺利，放下行李，在酒店吃了迎宾下午茶。人不多，一切刚好。距离开会还有两天，我和朋友想先在周边，包括墨西哥城，走走看看。

傍晚时分，我们打开导航，开车到 Silao 比较市中心的地方——也正是在这里，我经历了在墨西哥的第一回文化冲击(Culture Shock)。Silao 的街道很小很旧，放眼望去，都是平房和电线杆。我跟朋友说，难不成我们的酒店就是这里唯一的高楼了？一个小时市内迅速巡游，事实果真如此。我们的车窗是透明膜，里边外边互相看得清楚。车速不快，行人和小摩托车比较多。路不平,土路占主导。辛苦朋友开着车,一路颠簸,我看向窗外——然后收获了那里的孩子大人和青年纷纷扭着头看我们稀罕的眼神。语言不通,听不清也听不懂他们在讲什么,猜他们互相比画着:"看——看!这车里的人是哪里来的,他们是黄种人!"我至今记得那群孩子的眼神:他们的生活里,似乎从来没有见过亚洲人。开了一路渴了,好不容易找到个便利店买两瓶水。走去结账,拿出信用卡,却只见老板比画着,不接我们的卡。僵持了一会儿,反应过来,老板意思是:"现金,现金(pesos),拿现金来,我们没有POS(刷卡)机。"朋友回到车上,拿出来几个在机场兑好的pesos[比索(墨西哥币)],付了钱,我们喝上了水。晚点时候,我们在不远的一家小餐馆吃了Fajitas[菲希塔(墨西哥卷饼)],这是我一直吵着来墨西哥必吃的,这家小馆做得好吃,非常便宜,分量大,只是最后结账又只能现金,无处刷卡。没有POS机这个事情,着实有点出乎我和朋友的意料,心想是第一次到没有POS机的城市啊。我们把身上有限的一些pesos,大都贡献给那顿饭了。

  第二天,驱车开往墨西哥城。我们很高兴,进城,进城了!去墨西哥首都转上一圈!美好的愿景,怎么也没想到,一路被搞得紧张得不得了。高速路不快,收费站不少。到了缴费口,朋友拿出信用卡。收费员又一次比画起来:只收现金,没有刷卡机!天啊,这也着实有点夸张啊,这是公共设施吧,又不是Silao那个小城……国内都是ETC(电子收费)

了，美国 tollway（收费公路）也是刷卡现金路路畅通，难道全墨西哥没有 POS 机吗？这个坏事了，我们一看，现金 pesos 不够了，这可怎么办？面额 100 美元有几张，他不收，因为找不开。开始真没太当回事的我和朋友，开始感觉着急了。后边堵了一长串车，开始不停按喇叭。后边的车里有大哥伸头出来，表情真不怎么友好。这可怎么办？正发慌的时候，不知从哪里，走出两个武装警察。对，武装警察——就是那种裹头巾，然后手持机关枪的墨西哥警察。他们让我和朋友下车，围着我们转悠。有一个懂几句英语单词，我们努力解释着。怕误会，怕冲突，后来我掏出手机，赶紧打开谷歌翻译，打字给警察看："我们不知道这里不能用信用卡，我们身上的 pesos 不够缴费了，可不可以让我们过去？或者有其他办法？" 警察看看我们，应该是彻底懂了我们的处境，他没说话，转头走到后边那个车，敲了敲车窗，问车里的大哥要了几个 pesos，给我们："Go, go, go!"（走！走！走！）我们刚想问 "这附近哪里有提款机？" 没来得及，就被警察赶走了。开出这个收费口，我和朋友面面相觑，有点险啊！后边的收费站怎么办？

一路上我都在试图用谷歌地图找 ATM，失败。后边又经过了两个收费口，果然都不能刷信用卡，大额美元不收也不找钱。我和朋友无奈只好沿用第一个收费口警察的办法，准备好谷歌翻译，示意收费员等一下，然后下车，去敲后边的车门……

"对不起，我们不知道收费站不能刷卡，我们没有 pesos 了，您能给我们几个，让我们过去吗？谢谢了，感恩。"顺利通过了这个收费口，我和朋友长出一口气。我时不时回头看看刚刚被我们堵在那里要钱的车，心里嘀咕着，不会追上来吧……

最后一个收费路口，可没有这么顺利了。那个路口警察多，一样的全副武装，一样的语言不通。我们用老办法请求警察帮忙，可没想到竟加重了这边警察对我们的怀疑。要知道墨西哥可是贩毒要地，搞不好真的会被怎么样吧……我们越想越害怕，拼命地用着谷歌翻译。最后，警察懂了，摆个手势，意思是："行啊，你们去试试吧，看有谁愿意给你们钱。"被我们堵在后边的车，早就不耐烦了。当时我真的有点害怕，万一哪个家伙掏出一把枪……天啊，我还是不要想了。这回的"要钱"异常不顺利。朋友让我坐回车里看着车，查好使馆电话，他下去一个一个试，直到用同一个办法，试到第五辆车，里边的大叔发了善心，给了我们钱，让我们过去了。

我跟朋友总结说，我们靠着一路要钱，开到了墨西哥城。

总算可以放松一下了。不过第一件事，就是去找 ATM 机，取了两千美元现金的 pesos。我们想着，这回可是够用了。我们几乎异口同声地说："可得省着用啊！"

墨西哥城具有大城市所有的特色，堵车，人多，景好，吃得花哨。噢，有 POS 机，有自助提款机。在墨西哥城的一天一夜，我们忘记了一路开来的艰辛，放松心情，好好地逛了逛：升旗小广场、公园、花园餐厅、商店……吃了顿海鲜饭，当然肯定还有 Fajitas。那天我上衣穿着一件有墨西哥国旗和仙人掌的短袖 T 恤衫，拍照之类都加分不少。在墨西哥城，四处散落着我们熟悉的英语。这里终于有点像我们熟悉的地方了。

收心准备开车回 Silao，接下来的一天是会议。我和朋友一路上说着，这回可是不用找别人要钱了。开过两个收费口，都很顺利。收费的大叔大妈，一定不知道我们为什么像通关一样，笑得开心。一路有说有笑，就要到 Silao，天色也暗淡下来，拿出会议稿，想随便看两眼。突然，路边两个警察，招手示意，让我们停下。我们都蒙了，这又是什么幺蛾子？

没有超速啊，没有违章，更没有违法，什么都没有，这是做什么？

摇下车窗。"Where you from？"（哪来的？）"US."（美国。）"Americans？"（你们是美国公民？）"No, we are Chinese."（不，中国人。）刚想着，遇到个会讲英语的警察，似乎没有那么紧张了。但毕竟，也是武装警察。我们刚想问，为什么扣下我们？这位警察就走开一段距离，找来他的同僚，用西班牙语说着什么，然后又走回我们车旁，跟我们说了一句听不懂的西语。我们说："English please？"（您能讲英语吗？）他说："No, no."（不，不！）我们才意识到，完了，开始对话的那两句，应该就是警察会的所有的英语。然后我们迅速用手势跟他解释，我们不会西语。用谷歌，唯一的办法，信号还不太好，翻译很慢。这时候几个警察围过来，其中一个警察开了一张罚单，递给我们，罚单上倒是有英语，我们一看，天啊，我们被罚了5000美元！

理由呢？没有理由，只有数目。5000美元！我和朋友都傻了。这时候，我们车子前后分别上来两辆警车。我们见状，急忙用谷歌跟他们说："好吧，我们交罚款，有没有交款链接，我们网上付费。"警察当即一个"No, cash!"（不行，必须现金！）现金，他们要现金。我们一瞬间恍然大悟，知道这些武装警察到底是干吗来了。

慌了，我们搜罗车里所有的换好的现金pesos外加之前在美国取的几张100美元纸币，给他们看，我们哪有5000美元啊，我们只有这些——都拿走，给你们，都拿走。

警察接过我的手机，谷歌翻译："不行，必须是现金5000美元的数目，现在交出来，否则别走。"

我们知道，我们被困在这里了。几个谷歌交流回合下来，丝毫不管用。最后我们用翻译软件说："那我们现在去取钱，请带我们去附近的ATM。"几个警察一合计，觉得可行，警车一前一后夹着我们，绕了很多小路，到一个偏僻的小商场里。"好了，一个人坐车上，一个人下去跟我们去ATM。"警察命令说。朋友让我坐好，使馆电话准备出来，我说好。

我看着他，带着信用卡，跟两个扛着枪的警察走进小商场。

那个时刻的无助，谁懂。我祈祷着，祈祷着，祈祷着。

死死握着手机，看着我车外一直转悠的警察。有几个时刻，我都马上要拨打使馆电话了，可又怕惹怒警察，收手回来。我反复想着，万一打电话了，我第一句话怎么说，说英文还是说中文："我们被警察抢劫了！""我们在……""WTF（天哪）！我们在哪里，我不知道！这是哪里，天啊！"一刻钟，两刻钟，三刻钟，手机被我手心的汗沁出一层水雾。

突然，我看到朋友的身影走过来了，警察也过来了。怎么样？这是什么情况？他还好吗？还好吗？他应该还好，手里拿着卡。上车，他沉沉地吐了一口气，那口气都颤抖。我的心怦怦直跳。没等反应过来，警察说："Go, go, go, just go! Go, go!"（走！走！走！还不快走！）然后转过头去又跟另外的警察说了什么，然后他们纷纷上车，麻利地开走了。

我们傻在原地。我说："你没事吧？5000，给了？"他说："没有，两个ATM机，都是坏的，试了多少回，都不行，取不出来。猜警察最后那意思是，算了，有这工夫，不如回去再抓几个。"

"然后就让你出来了？"

"对，然后就让我出来了。"

"真的假的？哈？"

"真的。"

不到两千块钱pesos和美元现金在车里，最后他们也没记得要，因此我们居然全身而退，太不可思议了。我说："真的没取出来，没给吗？"他说，他觉得除了墨西哥城有能用的 ATM 机，其他地方要么没有，要么都是坏的。夜色里，我们在一个不知道什么地方的地方，缓了好一会儿，哭笑不得。

  第二天，我们顺利开到瓜纳华托。这地方，小城蜿蜒，色彩明丽。朋友当了一天我的开会拍照"工具人"。晚上，我们这一趟的使命可算结束了。我请他吃饭，两人如释重负，点了好多好多菜。

搬家

回头看看,高中以来的学业和工作,都经历过大动干戈的搬家。

高中扩招,在县城建好了新校区。那片地很大,2005年我们高二整个年级——学生、教师、后勤、管理人员,大概有三千多人,全部搬进新校址。我们高中体量之大,班级和学生人数之多,算得上当时的全省奇观。我们那一届,整个年级共38个班级,每个班级有40—60学生不等。为了便于管理,学校将我们年级一分为二,以A部和B部命名。每个"部"分别有几个文科班,剩下的全是理科班,有理科重点班和理科竞赛班。学校搬迁,自然引起很多市区的学生家长不满,担心环境不健全,不方便,家人不能日常照顾孩子,吃饭营养跟不上,住集体宿舍和其他孩子互相影响学业,等等。我自己是满心欢喜,早就想体验寄宿学校了。一方面是因为新奇,很多青春小说描写过寄宿学校的各种桥段,引人入胜;另一方面,似乎真的可以摆脱家人的啰嗦。

所以我开心地搬进新校区,和三个同学住一室,顺利过完高二、高三。青春期的波澜,能写的特别多。生活学习环境应该是比家长脑补的好太多太多:全部四人间,博士床。没住进去的时候,还不知道什么是博士床,后来知道其实就是上床下桌:这种空间设计,让每个人有个自己学习和睡觉的小空间，蛮方便。住宿生活很有意思。女孩子们会有深夜"卧谈会"，天马行空，憧憬未来都是很美好的主题。高考前冲刺也是紧紧张张，争分夺秒。我们每个人都让家长给我们买应急灯送来。其实我们的"急"，就是急着学习了。为了躲避宿舍阿姨熄灯以后的查房，我们几个人在宿舍门玻璃上贴几层厚厚的黑色垃圾袋遮光，然后被子里打开我们的应急灯。每当阿姨脚步逼近，就关掉应急灯，阿姨走远，再打开。如此，每个人的床上都有一个照明利器，陪伴冲刺的日子。

大学如出一辙地经历了学校的大搬家。但是大学体系复杂，搬家，肯定更加烦琐和耗时。搬家在我大学时期最后一年，从当时的市中心，搬到偏僻山区一带。很多本地同学，因为最后一年课程不像以前那么紧张，就没有在学校继续住宿，通常走读；我因为出国考试，先是在新校区里找了单间来住，后来一切尘埃落定，搬回集体宿舍。那是六人间，我总共住的时间也短，往返在青岛和石家庄之间，办理各种出国证件和手续。毕业，就是一下子毕业了，四年大学生活结束，新征程无缝衔接。对于大学新校区的回忆，其实没有太多，印象最深的就是周末坐382路公交车，和各路人马挤成一锅粥，从山区地带进城。公交车很小很破，还没有做好更换和升级，一路晃晃悠悠，需要一个多小时。上午或者下午出发，晚上回来，出去的时候特别兴奋，当然也有孤单；回来的时候有兴奋和不舍。新宿舍的室友，有的实习，有的走读，总是凑不齐人。我睡上铺，开春的时候，有天回去拿东西，看到下铺的室友在做手工，缝东西。我说："这是什么呀？"她说："这个梯子很凉，你睡上铺，晚上下来去卫生间肯定冷，我给你缝一个布垫子，没那么冷。"我当时眼眶红红的。谢谢你姑娘。虽然我们之前三年，因为分在不同班级，交情特别少，只是互相很客气。谢谢你的细心和善良，那个善意深深种在我心里。

大学四年，一直都是要用暖壶去水房打热水。打热水需要刷预充值的校园磁卡。每次去打水，都会看到热水房标语"海大不等于水多"。这句话特别有意思，让我们每个人印象深刻，深刻地记住要节约。没搬校区以前，宿舍楼房子很旧很潮湿，但打开窗户，就面朝大海。我们每个人都看过一年四季的大海，潮涨潮落，船来船往。一整年的学费5000元，住宿费800元。很多同学、家长、老师开玩笑说，来咱们学校读书太划算了，800元全年海景房。看着海读书、学习，那会儿同学们的心灵，是不是一直浩瀚，有梦而清澈？老校区的公共浴室着实局促。浴室不是每天都开门，那会儿为了洗澡，我们甚至逃课。浴室的淋浴头通常不够用，往往要和陌生同学共享。那会儿的常用语就是："同学你好，赶时间上课，能和你一起用一个淋浴吗？"当年陌生又尴尬的场面啊，现在想想又好笑又温馨。

转眼大学毕业，爸爸特地开车来青岛接我回家。前一晚，对面宿舍楼拉起了横幅，还有很多学弟学妹哭着喊着喝着酒，挥别我们这一届落幕的学业：

学姐，我们不想让你走！

三十年，我就这样，一直留在学校里，别人口中的象牙塔。我从一个懵懵懂懂的学生，变身成传道授业的老师。

工作后的学校，也经历了大搬家，那是在疫情收尾之后的春天。原来的学校坐落在上海陆家嘴金融街，独此一栋，小而精悍，秉承着纽约大学世界各地一贯的校址风格。那个坐标，四通八达，车水马龙。以前学生造访我办公室，会说："老师，您现在坐拥陆家嘴十平方米呢！"

搬家的繁杂，不难想象：有涉及国际学生和教职人员的安置，各种器材设备的运输和重置，中间还有载入史册的疫情和"封城"。新校区是自己开发设计和施工的，地址在上海着力打造的未来第二个国际金融中心。周边是高大上的楼盘社区、国际学校、奢侈品商店、私立医院，应有尽有，琳琅满目。

开车在这路上，华灯初上，我不禁感叹：这一路繁华啊！

这座非同寻常的象牙塔啊！

我终究要随遇而安，扎根这一处风景吗？

我又将交代怎样一个，并不再青春的未来？

愿望：

我不再年轻。

但每当我回忆青春，

我永远热泪盈眶。

†

The diamond light was in my eyes.
我眼中闪耀着钻石般的光芒。

Jack Kerouac

我听见风,来自地铁和人海

上海,地铁 9 号线早高峰,你懂的
梅雨季节,伞不离手
车来,开门,好多人,挤着
努力再挤一下,我居然挤上去了,在门边上——
大家都还没站稳,里边的人,还在挤着
突然
车门关闭的瞬间,我又被挤下来
可是我的伞卡在门缝上——
"下一站,下一站下车,等你!"
里边一个贴在车门上的乘客
拿着我的伞,边比画边大声说

我的伞何去何从啊,我去哪里找他／它?
没伞可怎么办?
想着,挤上下一趟地铁
坐一站,下车
那个拿着我的伞的人,真的就在那里
拿着我的伞,挥手
"你的伞,你的伞!"

"谢谢，谢谢！"
"没事，没事！"

还没来得及再多说几个谢谢
还没来得及再送出一个微笑
转身，他就消失了

列车呼啸而过
一阵扑面而来的风啊

发呆

阳光粒子在一片绿色的树叶上跳来跳去
这就是姥姥说的灵魂吗？

一颗，两颗……
连成一片浮动的光波
闪耀着

九岁的我，发呆的我
在一节忘记了是什么的文化课上
在一个不知道天高地厚的年纪
盯着那片光波
它仿佛有着自己的情绪：
欢喜、跳跃、分开、融合
跌落、消散

†

　　这个片段，时常出现在回忆里，仿若那是教室窗外别无他选的风景。前几天观摩了一个活动，叫"发呆大赛"，这个创新词，我第一次听说：一群人在草坪上坐好，开始发呆，看谁能维持这样的发呆,即放空冥想的状态更持久。后悔没有当场加入发呆大队,不然,赢家一定是我。如果所有的发呆,都是命中注定的时刻,那么九岁那天,在记忆力的片场,我凝视的又是谁的灵魂?

无题

你看,下午三点
阳光正好
塔罗牌大叔出摊

你在阳光里算过前程吗?
会不会很好?

站在集市中央
看到开心套圈圈的小朋友
看到轮椅上瞌睡的老阿姨
看到"很久很久以前羊肉串"
看到耳塞里播放的心情

看到,你看不到的

为什么小摊亮着灯?
它想搁浅在日光里
还是让眼睛更刺痛?

抽烟的人啊,你在想什么?

丢纸飞机的小朋友啊,你在想什么?
微风里沉默的情侣啊,你们在想什么?

我在想什么
站在原地
十分钟,二十分钟——

我猜那个塔罗牌大叔
今天不开张

†

我曾是个忧心忡忡的孩子
我现在是个忧心忡忡的大人
但是塔罗牌,永远不会在我这儿开张了

梦境四则

1. 一座无人的石桥上,我推着自行车,天气不阴不晴,走着走着,看到海。天气变得很阴郁,云是深蓝色和灰白色交替浮现的。石路蜿蜒入海,海中央有一个巨大的摩天轮。它似乎还在转。

2. 一个大雪纷飞的阴天,走进一个灯火通明的大堂。那里的灯特别好看,门口有一个小玻璃箱,箱子里有一个在母亲子宫里一样蜷缩的婴儿,它是透明的肉色,它泡在水里。

3. 一个颜色很深的夜晚,漆黑的海上,漂来一艘气势磅礴的龙船。龙船是木制的。我上了船,发现天上的星星是涂着银粉的,很闪亮。每颗星星都有一根很细的线,连接海水。细线是星星的开关,我拉一拉线,熄灭一颗、两颗、三颗……

4. 和爸爸在一个电梯里,电梯下行,非常非常冷,电梯门开了,居然见到爷爷(爷爷已经去世)。爷爷冲我们点点头,我们说,都好呢。

陡然,我从那股阴冷中醒来,特别特别的精神。

注:爷爷是我在美国读书的时候去世的。之前有回医院看望过一次。那会儿还是年纪太轻了。爷爷是肺病去世。去世之前,

在医院住了几年——气管切开，上呼吸机，意识不清醒。听爸爸说，爷爷年轻的时候，不幸感染肺结核。当时医疗水平太有限，医生对爷爷说，只能回家等死，最多不过两年。可是这之后爷爷竟然结核病愈，健康地活了40年。最后切气管上呼吸机的日子，爷爷也是坚持了挺久的时间。我记得，爷爷动弹不得，也说不了话了，但是会颤颤巍巍地在纸上写几个字。那会儿，医院的医生护士，跟我爸爸说，爷爷应该叫"爹坚强"。

转瞬即逝的遇见

坐在咖啡厅,点单,等待,打开电脑。
盯着电脑屏发呆一刻,澳白(Flat White)和温水已送到桌旁。
惊异、欣喜和谢谢,是我所有的表达。
咖啡师点点头,不再有丝毫打扰。

这是一家疫情之前我就常来的咖啡厅,离租住的公寓不远。
右下角的那个位子似乎成了我的专座。
咖啡师已然面熟。每天,
我都点同一种口味的咖啡,中间会再去要一杯白开水,
或者去一次卫生间。

我猜他是个严肃的,工作精准的,不太善言辞的人。
我总喜欢观察,这大概是我学业所得。

日复一日,我从一张陌生脸,变成了一张熟悉脸。
咖啡师也是,我熟悉了他的脸,还熟悉了他做的澳白。
但直到今天,我们也没有多余对话。
他不知我职业,我不知他名字。
我们互相知道的,除了咖啡和水,大概就是每天
从几时几刻到几时几刻的出现、陪伴——

买家陪着卖家,卖家陪着买家。

这种陪伴,不知道会存续多久。

也许有一天我搬家了,

也许有一天他换工作了。

习惯,只是我慢慢习惯了,

一种不温不火的安静的存在,

我希望,它可以久一点。

From knowing nothing to knowing nothing,

Nothing has changed.

笔至此处,回想那些,

与咖啡(和音乐)有关的,转瞬即逝的遇见:

"Schiele 是个德语名字?"

这是我们对话的缘起。

几次看到他的咖啡师胸牌,最终忍不住问。

"是的。"他微笑得很好看很好看,卷卷的头发,温和的语气。

就是从这里,我知道了 Egon Schiele(席勒,天才画家),

我还知道,

并且开始学习欣赏:克里姆特,卡拉瓦乔,伦勃朗,穆夏,高更……

是的，咖啡师 Schiele 曾是个美术生，

Egon Schiele 是他最仰慕的画家之一。

从开始聊天，到慢慢熟悉，他教会我素描基础亮灰暗；

送给我铅笔、小刀、文具盒、油棒笔，

还有一幅他自己的人物油画作品。

我和咖啡师 Schiele 之间发生着平淡的文艺故事。

Schiele 的出现是个礼物：

他开发了我天生爱瞎画的兴趣。他不知道的是，

后来我自己买了更多的油棒笔、碳棒笔、素描纸、黑色卡纸……

喜欢上了坂本龙一，下载了他的"Merry Christmas Mr. Lawrence"（圣诞快乐，劳伦斯先生）。

我开心的时候画画，不开心的时候画画，在我三十几岁，

对情感，似乎无牵无挂。他不知道，

有时候我还会梦到他，梦到的都是不舍得他走丢的样子。

Schiele 是再也不会第二次出现的人物，但此刻，

他还是出现在这篇文稿里了。

再见，Schiele。

✝

谨以此纪念，时间的缝隙——人生如逆旅，我亦是行人：

Starbucks @ Columbus, Ohio, USA（星巴克，美国俄亥俄州哥伦布市）

Barista's Name: I forgot. OSU undergraduate student; studied English literature; short brown hair; very typical American senior college adult.（咖啡师的名字我忘记了。他是一位本科生校友，学习英国文学，一头短棕色头发，是个典型的美国大学生。）

Barista's Name: I forgot.OSU student;tattooist; studied physics;tall and very long hair; very handsome and intelligent.（咖啡师的名字我也忘记了。他一样也是一位本科生校友，高高的长长的金发，学习物理，有很多文身。）

People that I once encountered in my lifetime but will never meet again（还有很多一面之缘）.I remember you：

Bookstore: @ Columbus, EASTON shopping center. Name: Ian. 哥伦布 Easton Town Center 的书/印象店，是 Ian 把涅槃乐队介绍给我，并让我深爱到今天。有次我逛街又到这个地方，买了一杯咖啡给 Ian，想再多聊聊涅槃，可是那天他不在。我们从此再也没有见过。

Columbus High Street Music Store（音像店）.店主：Jonny。

He introduced Iggy Pop, The Budos Band, Van Morrison, and many others to me... 打开了我认知摇滚的大门的一位大叔。曾在 Columbus High Street 经营自己的音像店，名字叫 Music on High。他说自己年轻的时候是个摇滚乐手，有自己的乐队；这家小店也曾有摇滚明星光顾，比如 Ryan Adams。印象很深刻，老板说 Ryan 给人高高在上的感觉，所以他似乎没有很喜欢，但是说 Ryan 音乐很不错（我喜欢的一首是 "Gimme something good"）。后来有一次，老板便宜卖给我一套涅槃录音的打口碟，里边记录了很多乐队练习片段和经典歌曲 demo。他说这套专辑绝无仅有。我买下来送给表哥，他年轻的时候是涅槃粉。认识老板的第一年冬天，从纽约回来，画了一幅小画，送给他，他很高兴，贴在了小店墙上。他那天夸我穿的蓝色大衣很好看，我说这就是 Forever 21，很便宜。再后来我搬家了，没怎么去过 High Street。老板有一天发来一个邮件，问我 "Are you alive？"（你怎么没动静了？）我回复得有点晚，后来就也没有了下文。再后来，High Street 翻修，这家音像店被拆掉，回去看过一次，果然没有了小店和老板。给老板发邮件，他没有回复。这个带入"坑"的老大哥，就这样消失在人海。

说回咖啡厅吧：

读书期间，以哥伦布好几个星巴克为据点，去得多了，难免认识几个常客。其中一个在 High Street 更北一点，里边有一个大叔，看上去腿脚有点不灵活，感觉头脑也怪怪吧，举止像小孩子。经常能碰到，他对每个人都微笑，想跟人打招呼，似乎又不太敢。有一天，他终于来跟我 say hi，很热情，很可爱。问我，这么喜欢来这里呀，和他一样。他说自己就住在附近，是个园艺师，每天都工作好几个小时帮人修花园。High Street 上几片公共绿地的灌木植被也是他修剪的。他年纪大了，腿脚慢了，但依旧特别喜欢做这行。他很开心现在还有一些老客户，叫他去忙活。我说大叔你真棒呀，看起来开开心心、活力满满。大叔羞涩地笑了。尽管身体老去，他眼里始终有光。他始终微笑着、拘谨着、羞涩着。他叫 Bob——他眼里的光亮在我脑海里，一直特别闪耀。

在这家咖啡厅，我还遇到过一个漫画家老师。他是一个旁敲侧击寻找激情的人，我不是那样，所以没有下文。只是记得他很热情，一杯咖啡的时间，给我看很多、讲很多他画的漫画，很美式，也很可爱。

Memories stumbled. Lovely people, I never forget a single of you.

记忆突然在这里磕绊。可爱的人们，转瞬即逝的人们，或许你们忘了我，但我未曾忘记你们，一个都没忘。

诗歌聚会

博士一年级，和一位日本教授聊科研兴趣。她了解到我对英文诗歌和二语/双语诗歌习作很有热情，就把我介绍给一位学校的退休荣誉教授 Anna Soter。退休教授是澳裔美国人，应用语言学和诗歌写作研究专家。她读了几篇我的英文诗歌和小短文后，很开心，就邀请我来一个 Columbus（哥伦布）当地诗人的小聚会。我受宠若惊，既兴奋又紧张。

接下来几个月的周末，我都会参与诗歌聚会。每次只有 5—6 人，除我以外，都是 Columbus（哥伦布）当地小有名气的诗人、作家和教授。他们行业不同，缘起诗歌。每次聚会，大家都会拿出一篇未经发表的原创诗歌作品朗读，然后是互相提问和诗歌写作背景讲解环节，接下来是诗歌互评与修改。大家轮流分享，每次聚会三至四小时，地点多在当地一家法式小餐馆，名叫 La Chantelaine。诗歌聚会很休闲很放松。大家问候彼此，点一些喜欢的甜品、咖啡，或者正餐，一边享用美食，一边享受精心浪漫的文字和文字背后生动或伤感的故事。

一次，一位名叫 Chuck 的诗人提议说："不如我们每人各写一段关于过去几个月在 La Chantelaine 的聚会感想吧，然后我来整理成诗，以此纪念。"我有幸参与了这次写作，以下分享我的诗小节（五位诗友的节选诗 The Poem 见文末）：

The word perpetuates.The air

sings our sparkling memories of

numerous encounters. We tie them up

on the string of languages of wildness and wisdom.

We knot them by rhythmic silences of

return.

La Chat, there the table and chairs

are wooden histories of our Saturdays—

anecdotes of our recomposed lives,

they will tell.

    诗歌聚会是把心思交给文字的探险和探索，受益匪浅。后来博士三年级我开始了自己的专题研究，特别忙，也就渐渐疏离了聚会。这是一段刻骨铭心的温馨旅途。那段时间的自己，比任何时候都有写作激情，特别是用一门非母语的语言写作。有那么一些时刻，竟然闪过对这门外语游刃有余的掌控感，实属难得。

    形式上告别聚会，内心它源远流长。在以后波涛汹涌的日子里，时不时想起那飘荡在四季里写作的周末。微笑中慨叹：

自己曾经那么思绪万千,

多愁善感,

温文尔雅。

The Poem

Eyelids flutter their sixth day to a table that

waits for nothing and everything new we bring.

Poems concede to hands that embrace, affect change:

auburn leaves ephemeral. Words play our common cup.

(Written by Sandy)

Fruit tarts rest glazed,

strawberry, mandarin, kiwi

glisten behind glass.

Fresh croissants perfume

the air, buttery sweet.

Row upon row of pastry

Till Next Time，下一次

and hot coffee offer warm welcome.

Smiles, words and lines linger

in the air, enliven our senses,

nourish us beyond the threshold

of another Sabbath.

(Written by Chuck)

The written word as black as my cup of coffee

flows around a table tucked in the back pocket of La
   Chat

courses warmer through bodies that pull them for life.

(Written by Via)

The word perpetuates.The air

sings our sparkling memories of

numerous encounters. We tie them up

on the string of languages of wildness and wisdom.

We knot them by rhythmic silences of

return.

La Chat, there the table and chairs

are wooden histories of our Saturdays—

anecdotes of our recomposed lives,

they will tell.

(Written by Mengmeng)

We swirl our artful chats at the Chat.

We lean into the delicacies of cuisine

that timeless scene from the Folies-Bergere

mirrored into mirror into our webbed

brew of wordplay, idea and heart.

(Written by Rikki)

岛城怪事

Master（硕士）毕业一年以后，我欢喜地从洛杉矶回到青岛工作。24岁的青春年纪，回归情感深厚的美丽岛城，朋友四方环绕，家人不再隔空担忧。先住两天酒店，办好入职手续，网上联系了一位出租公寓的姐姐，电话和视频沟通了几回，没有提前看房就定了下来，一切效率很高。这公寓有个很洋气的名字，叫MHT。几年前得知此地已经推倒重建，它应该是一段相当短暂的存在，不知道有多少当地人还记得这个地方。

第一天拿着两箱行李来到MHT公寓，和房东姐姐约定好在9楼的出租房间见面。等电梯，一个大伯从我身后走来，轻轻地。我看了他一眼，点头笑笑，没有说话。进电梯，按9楼，大伯没有按楼层，所以我当时想，巧了，也是9楼的。电梯缓缓上行，大伯突然说话了："你住在9楼几号？我经常看见你。"这一句直接把我问蒙了。我忙说："没有没有，我今天刚搬进来的。"大伯没再说话。9楼到，出电梯，房东姐姐招呼我过去，大伯静静地走进了公寓长长的走廊。这个走廊很深，我租住的房间是电梯口转弯的第一户，挨楼头的窗户。走廊是声控灯，即使灯亮，似乎也看不到尽头。当然，我从来没有想过走进去，一探究竟。

房间很漂亮，布局新颖，空间不大但五脏俱全，是我喜欢的 studio（工作室）类型。房租当年不算便宜，房东姐姐感觉跟我投缘，知道我刚上班两天，押金没让我交。床旁是一排紧凑的衣柜。姐姐打开衣柜，说，这是以前家里摆过的小物件，有一只花瓶、一串风铃，我要是喜欢，还可以拿出来摆上。我说不用了，谢谢姐姐。看到风铃，我其实顿了一下。虽然不迷信，但是关于风铃招魂的都市传说，也是听过很多。

大学同学大都在青岛，有一两个特别要好。刚搬过来不久，就请几人来公寓聚会。大家都很喜欢这个地方，说温馨，我一个人住，也很方便。

接下来的一两个月，生活开心如常。10月份，天气转凉，我也开始晚上偶尔加班。有一次晚上九点多回公寓，9楼出电梯，拍手叫亮声控灯的一瞬间，我发现之前碰到的大伯直愣愣地站在我出电梯拐弯的角落，面无表情，毫无声息。"啊！"的一声，我惊恐万分。大伯似乎没有什么反应，从我身边走了过去。我赶紧拿出钥匙，开门、关门、锁门。天啊，吓死我了！我想，这大伯住哪家的，这么静悄悄，他是在楼道里溜达吗？也不喊开声控灯吗？他不嫌黑？

没想，这幅画面，居然开始频繁出现在我晚上加班回家的时候。每次一到家楼下的电梯，我就开始紧张，提前把钥匙准备好，还买了一把手电带着，提前照亮黑暗吧。有一次，实在心里犯怵，到家楼门口，敲开保安室的门："大叔，您能不能把我送上去，楼道太黑，我害怕。"大叔说："好啊！"

我们一起上电梯，一路无言，我也没来得及给保安大叔做前情提要。到了9楼，电梯门开，我让保安大叔先走。保安"咳！"的一声叫亮声控灯，果然，那个大伯赫然出现面前，把保安大叔也吓一机灵。我心想，看见了吧，太吓人了。

保安大叔看看大伯，镇定一下，说："师傅，住哪户的？"

大伯居然说话了："那边。"他指了指长长的、声控灯下昏暗的走廊。也不知道指的哪一家。

"噢，"保安说，"住多久了，师傅？"

"快一年了。"

保安点点头。大伯说："我以前是空军，开飞机的，飞行员，还打过仗。"

不知为何，我听着就感到一阵阴冷，但是看大伯脸上还有得意的笑。

"是吗，那您后来退役了？"保安大叔继续聊一下。

后边我只顾紧张了，具体忘了说了什么，好像最后保安大叔和前飞行员大伯还寒暄了好一会儿。那晚安全到家，感谢保安。后来只要遇到加班，我基本上都会叫保安大叔来"护送"一下。有时候看到大伯，点头打个招呼，有时候见不到。

这大伯似乎永远都喜欢只身沉浸在黑暗而深远的走廊，无声无息地徘徊。

接近年底，爸爸来青岛看我，下午下班早回家，爸爸在家给我做两个菜。爸爸给我开门，四处看，然后对我说："这儿是不是住着一个上岁数的？"我说："你也看见了？"爸爸说：" 今天下午我拿垃圾出去倒，刚走到安全门这里，突然后边闪出来个老头，也不知道在干吗。你以前见过吗？"我说："天啊，你也看见了。有时候晚上加班回来我能看到，差不多的场景，老是吓我一跳。"爸爸说："是吧，吓我一跳。你一定要多加小心，物业电话留好，不行就打110！"我说："110不至于吧？"爸爸说："不要大意，公寓人杂，都是租房的，不知道住户都是哪里的。"说罢，爸爸找了一张A4白纸，用我的马克笔写了一个大大的110，贴在墙上，当时我笑了好一阵。

后来有一次大清早，我被一阵砸门声吵醒。门外吵吵着说："警察，开门，身份证。"我警惕地从猫眼望出去，看对门那户给开了门，真的是一群警察，进去，然后过一会儿出来，再回来敲我的门。我才放心开门，警察问我要身份证，他们看了，知道我是租客，又问我要了租房合同，在屋里转了一圈，拿起我厨房桌上的冰糖透明袋子，看了一会儿，放下，才走。出门上班的时候我问保安："大叔，早上警察来了，是什么事？"大叔说："好像有通缉犯藏匿这个公寓，那会儿在排查。""找到了？"我问。"好像是。"保安说。

年轻心大，不太在意一些事情，也是因为没有想过在岛城真正久留吧，所以从未想过要换个公寓。来年春天，不知什么原因，有好长一段时间生病，晚上容易难受。

当时跑了不少医院，挂水，吃药，医生也说不好，几个都说是可能从美国回来，迟到的水土不服和免疫力有点降低，需要调整。当时就叫来一个关系很好很好的小姐姐，单身，也在青岛租房，陪我一起住一段时间。小姐姐人很好，细心，是我愿意称作闺蜜的唯一一人。我们白天各上各班，下午回我住的地方，一起去楼下吃饭、散步、聊天。我的身体慢慢好起来。

有一天晚上回家，小姐姐突然叫我："快看，这个门上的房顶上有什么东西？"

我顺着她指的方向看，咦，居然有一条长长的黄色的纸贴在墙上。我奇怪着，这是什么？怎么以前从未发现？我和闺蜜嘀咕着，不会是什么传说中的符吧？一连串的奇怪事情开始浮现眼前。

包括有一次，房东小姐姐回来找那个放在衣柜里的花瓶。房东问我："那个花瓶你是拿到哪里了吗？"我说："没有呀，从一开始我就没有动过呢。"她说："好奇怪，之前也是记得一直放在衣柜里。那串风铃还在原位，花瓶不见了。"

还有一次我早上梳妆完准备上班，开门的瞬间，那天风大，门突然"砰"的一下又关上，我竟然怎么也打不开了。这不科学呀，我从里面各种开门，门纹丝不动。无奈，我请了两个小时假，找到开锁公司，才解决这个问题。门锁当场就换掉了。

关于那条黄色的纸，我和闺蜜都没有动；我也没有拿这事情回去问房东姐姐。还有两个月，我就搬出这地方了，凑合凑合吧，我和闺蜜都这么想。

有天下班，和闺蜜去公寓旁边的商场吃饭。那家店铺我们常去，和老板熟了。那天老板问："你们是不是住在附近呀？"我们说就隔壁 MHT 公寓。老板露出一个惊讶的表情。我们说："怎么了？"老板说："你们两个一起住？"我们说："是的。"老板说："两个人还好，一个人的话，要小心点。"我们拉着老板，好奇心一定要让他讲个所以然。老板说："看你们两个女孩子，一开始只是想提醒一下，不愿意讲。但是你们一定要问，跟你们也经常见，就随便说说吧。"说完，老板端来两碗粉丝汤，和我们坐在一桌，讲了一段奇遇：

> 差不多两年前，这个店铺老板做轮胎生意。有个客户说就住在这个 MHT 公寓某栋的 7 楼。一天，这个老板来这里谈订单，和 7 楼的客户打过电话，上楼。电梯到 7 楼，出电梯，可是他走了好几圈，就是找不到客户说的这个房间。他拿出电话，没信号。当时他就觉得好奇怪，准备下楼，却找不到电梯口。不知道绕了多少圈，才绕到电梯口，下楼，出楼。出来又打电话，就没有再拨通过。

我们问："后来呢？"老板说："没有后来了，生意没谈，这单就算了，感觉这个地方怪怪的，没有深究，有这时间，还不如去跑跑别的单。但是一直感觉这个公寓这个事情很奇怪。后来不做轮胎生意了，在这家商场盘下来一个地方，开餐馆，偶尔路过MHT公寓，但是从没想过进去再看看。"他说："后来也听说过一些别的关于这个公寓的事情，不知真假。"粉丝汤喝完，我和闺蜜听得入神。这真是一个充满好奇心和胆大的年纪啊。

几年以后假期回国，去了趟青岛。约朋友，聊到MHT，他们说："你原来住的那个地方，可能早就没有了吧。"我心想着，不会吧，当年一片繁华。不过，也没有想再一探究竟的心思。

灰狗巴士

车窗外漆黑　没有星云
我是一名光污染制造者
冬夜　奔跑在不知远景的荒原
拿现代通信工具
来咀嚼漫长的旅途

口渴　目光在零下一摄氏度的低温
凝聚　变沉
分秒计数　都是我在这维度里的消耗

放下手机　不听歌曲了
让巴士的奔跑声　小孩子学语声
一些乘客连绵不断的信息提示声
还有情绪里低音的抱怨　充满大脑
浸没虚假消息　吞噬无味幻想

别问这些声音美不美
今夜
没有雪

分别时

你没有回首
站台，我一米开外
不论东风是否扼杀了
一季空旷的美景，我都知道
这座城池
没有背影

你，没留背影
川流不息的人海
异国他乡的言语，淡漠了
你的睿智、你的善良
不论枯燥是否扼杀了
一夜深情，我都知道
冬天
没有背影

你，没留背影
秋夏的分享，不纯粹
偶然的诺言，不坚固
不论理性的逻辑是否扼杀了

一篇美妙的故事，我都知道
你
没有背影

戛然而止的，你
我，没有背影

无题的晚上

旋开台灯,茶树精油的清香
和四月春雨,一同沉淀
你的脚步声碾碎整个静谧的夜晚

坐在床边,我可能已经入梦
十点五十八分的温度,坠落
一个温柔故事的开端,是我
惯于假想的你

满墙贴纸,手边紫色蔷薇花
我听到你在理头发,你在眨眼睛
你在皱眉,你在想

我在等,刚刚整理好唱盘
是过期的慢摇,伴着过期的举动
下一秒时空,盛着往事和叙述
你抖掉袖口的微尘
轻轻走过

却不是走来

也并不像今夜的星光
灿烂多情

红色轧路机

醒来，昏暗的房间伴着厚重的冷气
我已忘记这是一个明媚的下午

屋里是熟悉的味道，屋外
有大车在轧马路，所以风吹来的是柏油马路的味道
我拉开百叶窗，红色机车轰隆忙碌
原来全世界的柏油马路都是一个气味
它飘着，飘向我回去童年的路，童年的
日夜走过的柏油马路，那路上
有我不能主宰我的世界的记忆
有人们为爱我付出的艰辛和劳苦
他们走在柏油马路上，一遍又一千遍
从身姿矫健到步履蹒跚

一遍又一千遍，我呼吸这
沉闷的厚重的苦涩的味道
红色轧路机翻来覆去，翻来覆去，想要慢慢磨平
那些年，时光炙热又粗糙的痕迹

清晨的路灯光

像一个守夜人
守着冬天
别致的
冷风中的温暖

守着远处
分不清是山是天
还是将去未去的夜色

守着排山倒海的星云
我
以为梦醒了
其实我还睡着

梦中人

我和他们很暧昧　很温柔
有时　身边人
会让我想起那些梦
梦里蓦然回首——
惊醒时分
我却从未曾看清他们的脸

屋子,写作

这不能是,或者不能仅仅是自己家里的一间屋子。
人还是向外的,是某些特定社会环境中,被持续塑造的人。
它最好是咖啡厅或者书店:有饮料,有噪声。但噪声和饮料
   恰到好处:
不尖锐,不甜腻。让你缓缓进入,坐下,融合。
其他客人,都是过客,最好你不认识。

写的时候,杂音渐渐模糊,咖啡慢慢融化。
你听不清对话也听不清歌词,
尝不到甘甜也觉不出苦涩,
更注意不到时间的往来。

渐入佳境,思绪开始"街头表演",
变成"人来疯"。
在陌生人群中,它无所畏惧,
轻松又欢乐,盛开得特别灿烂。

你不坐在人群中写,少了那些或许根本没有在意过你的观众,
你觉得你今天的打扮没有被看见,思路会失落。
当你在人群中写,其实你特别平常,和身边一切不分彼此,

但思路觉得，它即将开始它盛装的表演。

这是一种很特别的感觉。

你的外表，你的陌生人观众，有意无意地见证了你头脑里的
　　宴会。

它越演越起劲，这样演，不，升级一下，那样演。

你带着你的感觉中的美丽对它凝望。

它觉得这些时光的流逝和有意无意的关注近乎完美。

一段文字，一篇文章，一首诗，就这样在众人的漫不经心中
　　诞生了，

尽管所有的眼睛中，只有一双是盯着它的，看着它每个半生
　　不熟的细节，

成长和升华。

我必须有一间社会属性的屋子。

屋子里的气味、白噪声、人、陈设、空间感、写作者的存在感，

一切都是写作的造就。

一切都以只存在于写作者内心静默的交互方式，诞生着篇章。

佛吉尼亚·伍尔夫说，女性写作者要有一间属于自己的屋子，
　　也要有钱。

是的，没有钱，难找到理想中的

坐落在社会里的屋子，和屋子里

写作者渴望的美丽、人群、咖啡、书籍……

写作是一件极有仪式感的事情,
必须精心打扮,盛装出席,让一切发生,
在一间社会的屋子里。

  我一直认为睡觉以及和家人在一起的空间,得和写作的地方分开。家庭的琐事和细节有时会伤害想象力,会干掉我骨子里坏的一面。家庭琐事和日常生活,会让人对其他世界的向往渐渐消逝。
——《巴黎评论》访谈帕慕克

莫须有

在哥伦布拿到美国驾照,二手市场买了辆车,冬天变得惬意而忙碌。12月的傍晚,天色黯淡,开车去学校健身房,和朋友约了一节Zumba(尊巴)课。学校里,人似乎不多,路边的积雪充当看客:慢行,左转灯,shoulder check(盲点检查),完美弯转。后视镜突然出现一辆亮着执勤灯的警车——这是什么情况?

被警车逼停——新手上路,慌张袭来,下意识想打开车门,走下去问问,究竟犯了什么错?拉开车门的瞬间,被走来的警察一把挡住:"Remain on the seat!(坐好,不要下车!)你好啊,今天过得怎么样,你叫什么名字,驾照请出示。"

早就听说过这个套路,可第一次让自己碰到,还是夙了。感觉到自己呼吸都紧张起来:"我没有超速吧?"警察没有理我,继续低头记录什么。"我没有超速,没有闯灯,是正常驾驶啊。"鼓足勇气,我感觉自己结巴起来了。不久,警察答复:"没有,你的左转灯坏了。""我的左转灯坏了?没有啊,我的灯好好亮着。"说罢,我反复给他展示转向灯和双闪,都正常运转工作。"你的左转灯,灯壳子碎了。"警察说。"啊,是的,前两天我不小心碰到一个加油站柱子,有点碎,但是没坏。""所以,你的左转灯,有不亮的风险。""什么?可是它亮着。照常工作。刚刚我打灯也是好好的。"我忘记了以前听朋友们说的一点，Never argue with police（永远别和警察争辩）。

"你的左转灯灯壳碎了，有不亮的风险，这是你的 Ticket（罚单）。"警察脸上没有丝毫表情，说着递给我一张纸。好吧好吧，现在想起来了，"Never argue with police"，我乖乖交钱就行了，估计也就 100 美元吧。想着，我接过来罚单。"请你登录上边的网站完成后边的操作，记得把车灯罩子修好。"警察叮嘱，说罢，驾照还我，放我走。松了口气，拿着罚单，停在学校停车场，准备当场交掉罚款，破财免灾。

奇怪的是按照网上指示，并没有罚款。"Go to the Court"（庭上解决）几个字赫然眼前。不是吧？我看错了？让我去法庭？这警察把我一告了之？刚平复一点的心又悬起来了：完了，警察把我告了？我学生身份怎么办，会不会没了？我会不会被遣返回国？我一个车灯明明还亮着，这不就是个莫须有的罪名？为什么会这样？

慌乱之中，赶快叫好友来"救驾"。他看过也犹疑："怎么会这么严重？"我一拍脑门："那真是跑不掉了，想起来之前他们说的，只要被警察主动出击，他们就有一千万个理由——欲加之罪何患无辞？"我想这一番情景再合适不过了。见状，朋友打电话问了他一个曾经似乎去过交通法庭的同学，那位同学说，不必太慌张，先去学校找针对学生的免费法务援助。一夜无眠，惴惴不安，感觉前途未卜。一个车灯，难道会是个改变命盘的东西？第二天一早，赶去学校的法律援助中心，上报情况，见到了代理律师。好在看到律师胸有成竹："你这个情况需要上法庭确实不常见，不过既然如此，只好应对。按照上边写的日期，我陪你出庭。之前你一定把车灯壳子修好，拍照，再录个小视频给我作为证据资料。出庭当天，你不必准备其他东西，两分钟我把材料递交，当时就会拿到结果，最多罚钱。"还好还好，这样说来，只要是钱能解决的问题，都不会是大问题——那个时刻，别提我多信了。

按照律师的指示，我找 4S 店修车灯罩。一周之后，通知取车。总计 600 美元！

我当时就"啊？600 美元！"仔细看，才知道，车灯罩子不是独立体，整个左转车灯都被换新。原来如此。拍照，录小视频，传给律师。

出庭那天，警察没有去，这是常态；律师把材料交给法官，最后判罚 110 美元出庭费。好吧，700 多美元加上半个多月的忐忑，我买了一个教训，它叫莫须有。

"下次"

有一年夏天，回洛杉矶走走看看。途中约定了和当时定居在 Monterey Park 的大学时期的学长见面。

学长是个风云人物，大学新闻广播站的主播。一年级到三年级，每到中午 12 点，校园里就回荡着学长播报校园新闻和学生文学作品的声音。和学长结缘是我刚刚进入大学，参加军训，作为文艺特长生表演节目，接受了学长的采访。当时学长身边有位漂亮的姑娘，我们常说他们是男才女貌，是大学生在青涩又单纯的年纪最向往的人物和爱情。

学长毕业，大学搬迁。春夏交际，偌大的新校开满樱花，盘踞广播站的是学弟学妹更年轻的嗓音。那时候还流行用校内网，我和学长互为好友，关注动态。我去洛杉矶学习的时候，学长已在国内研究生毕业，开始工作生涯。几年后，我去了哥伦布，学长却来到了洛杉矶。他说他和其他年轻人一样，想换换环境，开开眼界。

洛杉矶约见学长，特别兴奋。一见如故，是这个词。

那是中国城的一家饮料店，晚上灯光幽幽暗暗，我说，学长这么多年是不是都没换过眼镜，他说，换了好几副，只是看起来差不多。我说还记得当年我们都是边听着学长的播音边吃午饭的；吃完饭，在宿舍里看海，也能听到学长读诗和散文。他笑笑说，往事不堪回首，还说记得第一次看我弹琴报道了我的故事，知道我后来的生活会多姿多彩。学长说他毕业以后，就和那位大学谈了几年的姑娘分道扬镳。姑娘回到了她家乡，学长却还是"少年心气"，不肯止步于悠闲而稳固的生活。可惜，也不可惜，他说。美国，他说，他和我一样来到洛杉矶，喜欢洛杉矶；对着洛杉矶的角角落落，照片拍不够，文字写不够。

幽暗的柠檬香里，我仿佛回到了大学听他讲故事的四季；他安静又轻盈的故事里，我仿佛看见自己，在圣莫尼卡海滩凝视太平洋，在格里菲斯天文台遥望星月，在盖蒂博物馆席地而坐临摹名画。我忘记了我长久以来的烦恼，也忘记了我早就从那个新鲜热情的女孩慢慢成熟。

时间到，饮料店打烊。我们慢慢地出门，希望时间在跨出门的一刻停下来。时间终究没停。学长说："咱们换个地方喝两杯吧？"我看看手表，犹豫了一下："下次吧。"

学长走上车，他说："下次，你知道吗，下次就是没有下次了。"

"不可能，我肯定很快还会回来看你的。"

他笑笑，说："好。"他祝福我，像他毕业那年，在广播里祝福他的学弟学妹一样。

一年过去了，两年，三年……六年。以为我有一万个理由再回洛杉矶，看朋友，转罗迪欧大道，打卡Melrose，开穆赫兰道。可是，人生中的事情，太巧了，或者太不巧了，我再也没有回洛杉矶。

那句"下次",就不是故意地,
成了一张空头支票。

亦简亦凡

四年前计划盛夏回国,需要邮寄六七箱大号行李,目的地上海。当时还没有和公寓签订最终合同,这批行李,封印着我十年的美国,命途未卜。多亏老家发小牵线搭桥,认识了在沪工作的凡先生。

直爽慷慨,真诚友善——这是我对凡先生先入为主的印象:他答应让我把行李先暂放他家,替我保管,直至我回国再取。其间他还把身份证拍照,微信传我,方便我填写海关申报资料。我才知道,有些情谊和信赖,无须谋面。

一个月后抵沪,凡先生按照约定,安排货拉拉将行李送到我公寓。和行李同来的,还有凡先生本人。他说,陌生的上门服务他不放心,跟过来,确保行李和我的安全。我才知道,很多善良和心细,一贯如初。

"你好,凡先生!"——他是我落脚上海的第一个朋友。我们一起探店,逛街,吃饭——一段温馨而真挚的遇见,就这样,指引我,摸索这个浩瀚城市的密码。

有一天,去乘地铁的路上,凡先生突然说:"我可能准备走了,回老家发展事业。"

我说:"你在骗我。"因为他在微笑。他在微笑,我的备忘录里,躺着很多想和他打卡的地方。上海太大了。

一个大雨的午后,凡先生从远处赶来,我们在我公寓楼下的星巴克，道别。我说："你又穿了好看的鞋子。"他说："再去和小伙伴踢一场球。"我希望这些都不是真的：那天并没有下雨，我们也没有喝过分道扬镳的咖啡。

上海太大了，一切都是真的。我对凡先生说："你回家以后，没有人陪我一起去吃好吃的了。"都是真的，尽管身边人来人往，是喧嚣，是山海。

我问："凡先生，你什么时候回来玩一玩，看一看？"

他说："一定会。"是真的，他回来过，但每一次都万般匆忙。

170公里的距离，我们默契地开始分享读书和生活。一年，两年，三年。凡先生把他的读书笔记摘抄给我，我们争论着他的和我的积极自由和消极自由，我们读懂什么才是"清醒的现代人"，感慨着某位哲学教授的深入浅出、醍醐灌顶。凡先生喜欢发我有趣的微博段子，我喜欢给他拍抄书笔记。他说，你看，我们各顾各地分享着自己那条线，有时候毫无交集，但怡然自得。这都是真的。

去年秋天，凡先生难得来上海多待两天。我们一起去看奈良美智展览，在精致可爱的小丑娃画作前拍了很多照片。傍晚，我们沿着滨江，坐上地铁，吃了川菜，逛了 Off-White。

上海很大很大，车水马龙，人潮拥挤，但那天云淡风轻，分外温馨。

我想着第一次见到凡先生的样子，他一点都没变。

二十二点三十分，老佛爷商场门外，他微笑着说，我们还会再见的。

Olentangy River（奥伦河）

"Dear Mengmeng,（亲爱的蒙蒙）

Just remember you are not getting older, you are getting younger."（请记住，你并未变老，而是越发年轻。）

这是贤达每年给我的生日祝福。最近几年未见，大洋彼岸，他还会算着东八区时间，给我发来微信语音消息，用中文唱生日歌。

贤达是生活在美国的二代墨西哥移民。他有一个很长的西语名字，从青年时期就喜欢中国文化，身边的中国朋友根据他本名的内涵，为他拟了中文名：忠（姓）贤达（名）。

和贤达相识在一个校园活动，他作为摄影小能手被朋友邀请来拍摄。后来聊天知道，他学习美术，自己在攒钱，准备上哥伦布艺术设计学院。他时常和朋友分享自己的素描和摄影作品，我们很喜欢。熟络以后，他带我去了哥伦布当地，他觉得最正宗的家乡菜餐馆，点了好几份我们爱吃的 Chips（薯片）配上 Guacamole 酱，还有 Fajita。后边的三年，我们各自忙，见面不多，但每次贤达都会尽量想出有趣的事情，带我和朋友们放松透气。

一个周末我们沿着 Olentangy River 走了好几圈。走走停停，从正午走到夕阳——途经 LGBTQ+ 的社群活动美食嘉年华，乐队绿地表演，还有全副武装的骑行小分队——安静的小城，依傍一湾浅浅的橙色的河流，不急不慌地花着心思，讲有关热爱和生活的故事。

异国他乡，萍水相逢：一起打台球，用红色的串珠做手链，逛书店，看展；贤达给我看他家人的照片，他有一个非常美丽的姐姐，已经嫁人，生了两个可爱的孩子；贤达说他现在都当舅舅了，每年给两个可爱的小侄子买礼物。

2020年疫情突袭，我们互相牵挂很久。每条隔着时差的消息，落款都是"保重"。好在我们熬过艰难日月，重获生机。开心地知道，贤达父母终于在哥伦布开了自己的墨西哥风味餐厅，他说："以后你来哥伦布，就到家里的餐厅吃家里的饭菜。"贤达做起了专职摄影师，开始学着经营自己的小工作室。他时不时朋友圈更新摄影作品——是他眼中，千姿百态的美丽风景和人生。

每到生日那天，我都想着贤达的话：岁月急行，你还年轻。我们还年轻。

我们的情谊，跨着太平洋，纯粹又温暖流长。

✝

Olentangy River, Olentangy River，我时常想起，那些流淌在你蓝色血液里，永不凝固的遇见：

Yeesa，一个希腊女孩，我们相识于健身房的Zumba

团体课。她喜欢表演、唱歌。我请她来公寓小坐，她说其实自己喉咙部位患了良性肿瘤，不久就要回国手术治疗。她说，病好之后，还要继续唱歌。我们玩互相化妆的游戏，她说："我们那边流行自己用食材做护肤品和化妆品；我妈妈他们告诉我，不能吃进去的，都不能用在皮肤上。"我说："怪不得你皮肤这么好。"时过境迁，Yeesa 留在我 Instagram（社交软件）好友列表。我时常去那儿看她，看她还是那么美丽，终于又站上歌唱舞台的她，散发着迷人的力量和光芒。

小 Z 是中国留学生，因为搬家到了隔壁公寓，时常碰到。约着去超市买菜，小 Y 把有机超市品牌 Wholefoods 介绍给我，告诉我，水质影响着身体循环；他告诉我，感觉美国水重，最好还是去超市买矿泉水和纯净水交替喝。这些习惯，我至今保留。

Yoga，我在想这个男孩怎么用这么有趣的名字。他是四川来的留学生，很喜欢做饭，他的朋友们都很享福。有段时间，住得很近，他说："我今天做一个营养又好吃的，给你送过去。"那是我第一次吃到 Yoga 出品的这道美味，第一次听这个名字，叫低温 due 蛋。

XT 是个聪明又才华横溢的学弟。我们因为酷爱摇滚结缘。看他在学校表演涅槃的"Come As You Are"是我们有说不完话的起源。后来他还带我开辟了一些电音和死亡摇滚的疆土，比如德国 Rammstein（战车乐队）和他们的"links 234"。时过境迁，从 iTunes 到网易云音乐，这些都是我的永久歌单。

Allen 在我读博非常焦虑的时期，捞了我一把，带我在健身房有氧和"撸铁"，教我冥想和睡眠调整，督促我坚持和反省。他妈妈罹患癌症，为帮助妈妈，他从商科学习转型到中医理疗。后来 Allen 去洛杉矶攻读医科，远程辅助妈妈疗愈，也帮爸爸积累护理知识。一家人精心努力，几年后妈妈临床治愈，Allen 学成，在洛杉矶开了自己的诊所。他的气概和坚持，让很多人倾慕和信赖。

KK 是我的博士兄弟，一起毕业的最好的朋友。城市学交通学他算顶级"玩家"。他给我讲着哥伦布交通发展历史，让我知道这个我以为有点平淡的地方原来是个城规重地，意义非凡。一次次闲聊，他启发着我做了工作以后的第一份课件。用今天的话说，他很"卷"，但是一个"卷"到有点可爱的人。有脾气，有想法；我们吵也吵了，打架也打了；曾经因为探讨方法论产生分歧，好一段时间互相不理不睬。四年前的夏天，我们一起穿上博士礼服，彼此见证了人生中大概是闪着最艰辛的光辉的时刻。那天我们大笑着，拥抱着——

拥抱着我们陪伴彼此收获荣誉的高光时刻，

也拥抱着我们可能不再相遇或相聚的未来。

告别哥伦布，第四年，我吃的喝的听的玩的动的，我思
念的，我怀念的，没有太多新花样。

我脑子里，生活里，我的梦里，

还都是以前从那条叫作 Olentangy 的河里发掘的宝藏，

捧在手心,珍藏着;
它们历经日光和月光的打磨,
越来越亮。

星光灿烂时

大学时期相当喜欢的两位欧美明星：拉丁王子 Enrique Iglesias 和当红小生 Justin Bieber。记得大学三年级去外地考托福，回来的火车上，一遍遍循环 Enrique 的 "Ring My Bells"；配着疾驰而过的村庄雪景，冥想离奔赴美国又近一步——I will ring the bell.

抵达洛杉矶，迫不及待网上搜索 Enrique 的演唱会门票——10 月份，在 LA 的 Staples Center——梦想中的星光，似乎近在咫尺，触手可及；它像一个橙色煎蛋，夹在两片异域文化白面包里，我看着，想象吞下一个银河。

演唱会当天，我早早起来打扮。上课时我的心早飞了，脑子深如海洋，满满都是那些丰厚而多情的歌声的回响。下课，拿出来早买好的人体彩绘笔，换上露背装，让朋友在后背写 "Enrique, I Like It"（"I like it" 是当时那个 tour 的一首经典歌曲）——记住自己在 22 岁热爱的，刻骨铭心。I Like It——那晚天使之城的 Staples，那时彻夜不眠的潇洒青春。

倒计时 "3——2——1！" 一束聚光灯，"Enrique——" 我的尖叫混杂在数万粉丝的尖叫声中——Ring My Bells——那沁人心脾的、妩媚的、多么深情的一句，点燃天使之城的沸点，瞬间融化了此前人生的哀怨和疲惫；我和数万个爱着 Enrique 的灵魂，在柴火一般的音乐里摇曳着身躯，律动不分国籍——多情、尖叫、眼泪、欲罢不能。那个长此以往编织在生活里的幻想幻听，当他实在地肉眼可见——在缭绕的烟雾里，Staples 穹顶洒下几十万颗星星，我怀疑我做着日光梦，风情万种。

†

贾斯汀·比伯是一个可爱又才华横溢的小孩。抢到他演唱会门票，是另外一件极其开心的事。他的粉丝团，男女老少，应有尽有。记得当时最喜欢的一首歌叫"Eenie Meenie"——活泼轻快，了无烦忧。演唱会全程，听到了大学时候所有听过的 Bieber，满足感爆棚。粉丝们说自己："Oh, I got Bieber Fever." Bieber 真是火了四季又四季，他的粉丝们也有了一个官方合集名字叫 Belieber（believe in Bieber）——这个名字天真浪漫，标志着完满的相信和喜欢，以及毫无上限的趣味和才华。

第二次见到 Bieber，是买票去看了 Kids Choice Awards（儿童选择奖）颁奖典礼。对于我，这个典礼简直就是豪华加送大礼包：Will Smith 父子直升机空降，Tylor Swift 和 Selena Gomez 姐妹花绽放，Bieber 和小粉丝们互动显尽天真，还有奥巴马夫人微笑着的关怀演讲。这着实是一个稀有的群星闪耀的白夜。

在美国的那些年，大胆追星，勇往直前。

去拉斯维加斯的米高梅看了场大卫·科波菲尔魔术表演——亲身经历这个传说,叹为观止。大卫本人比我小时候在电视里看表演穿越长城的他帅气太多了;我隔座的观众在全场黑灯的瞬间被"消失"而后"再现"——那是一个我真不相信自己眼睛的夜晚啊,也是一个激动地和大卫握手以后,以为自己也拥有魔力之臂的一个奇幻旅程。

哥伦布读书时,跑去隔壁城市辛辛那提看了一场枪炮玫瑰的复出巡演。曾经,我和其他粉丝,老的少的,以为今生无望再看到舞台上的他们——Axl、Slash。曾以为在今天这个年代,他们只是活在唱盘和摇滚音乐史上的巨星,就这样一万个没想到的,我见到了他们真人——他们奋力演绎着经典:

"Welcome to the Jungle"

"Civil War"

"November Rain"

还有那首,出版以后几乎很少台上表演的,全曲 14 分钟时长的"Coma"。

我一个外行粉丝,但不得不说,Rose 老了,的确老了,胖了——他的嗓音和体力大不如那些 20 世纪八九十年代珍贵历史资料里的样子(后来据说在拉斯维加斯那场巡演前,老 Rose 把腿摔断了,但是依旧带着断腿激情上阵),但是他那份骨子里的胸有成竹、坚持自我和那份对摇滚音乐开天辟地的真情和纯粹,永远都新鲜。大家都说,现在再去看枪炮玫瑰，看的是情怀——难道不一直都是吗？是那个初闯 Urban Jungle 满腹才华、感叹洛杉矶城深深几许的少年；是对 Civil War 痛心疾首、呼吁和平的、舞台上风光无限的半裸歌者战士；是那个在 11 月的雨里，踽踽独行，舍得也放得下的，干净又美丽的灵魂。

在美国的这些年，见到的都心动：Foster the People，Maroon Five，Bon Jovi，Camila Cabello。他们是我在异国他乡学业生活里的水果硬糖，是我有一点点沉重和磅礴的梦想里的点点星光。在这个新花样层出不穷的后现代娱乐时代，他们对于我的意义，永远值得期待，永远值得尊敬，永远值得纪念。

†

关于 Axl Rose 和"枪炮玫瑰"的一篇小作文：大学时期无意间刷到"Welcome to the Jungle"来听，一不留神，竟循环播放好多年。回忆一下，起初大概只因 Axl 魔性狂野的高音，把我领入一片未知的深邃又惊险的野山丛林——万里无人，碧绿千丈，耳畔遍布虫鸣怪响，几十米开外忽闻一声虎咆狼叫——You know where you are？ You are in the jungle baby—You're gonna die! 直到几年后，身临 Axl 创作这首猛料的天使之城洛杉矶，恍然大悟丛林究竟为何处：它是一掷千金的比弗利山庄，美景佳人万人逐梦的好莱坞，纸醉金迷美不可言的日落大道，金碧辉煌面具人生的华丽赌桌，凶杀暴力未解之谜的塞西尔酒店，黑帮出没毒品交易无下限的小街小道，24小时不停歇盘旋的巡逻直升机，以及无处不在的LAPD（洛杉矶警局）……徘徊在无数迷失中的生还的确值得敬畏；歌唱年少轻狂放荡不羁中的警戒机智、自我训诫与笑看阴谋绝对是一种博大情怀。果然，翻看Axl照片的一瞬间——他忧郁的眼中拥抱坚定的光亮让我久久不可忘怀。第二首听到的枪炮玫瑰"Paradise City"，可能是身在Jungle中有些不切实际的幻梦天堂，也可能是终究美梦成真那刻的释怀与简单：Take me down to the paradise city where the grass is green and the girls are so pretty. Take me home.... 然而确实，我觉得Axl最终回家了——20世纪90年代之后枪炮玫瑰核心成员各种原因接连离开，乐队改革更迭，创作断断续续，巡演青黄不接，Baby Boomer这一代人渐渐老去，Millennials（千禧）又锻炼和发展了更广泛和多元的音乐文化品位，枪炮玫瑰那些耐人寻味的经典之作，比如"Civil war"（反思美国人民对越战的抵抗和愤怒），比如"Sweet Child O' Mine"（回忆童年简单干净的有爱生活），比如"Coma"（描述弥留之际回顾人生的感叹），比如"November Rain"（一段旧情人不会再知晓的告白），"Patience"（静心对爱与生命的思索），等等。这些词曲和演绎的经典，被多媒体时代覆盖了昔日光芒。但终究，Axl、Slash一流都是执念和情怀的文艺人——他们在2010年的回归与复出，再一次感动了当年为他们热泪盈眶、疯狂追逐的 Baby Boomer 一代人！作为 Millennials 一代，我多么开心居然在 2016 年的辛辛那提看了一场 Axl 与 Slash 合体的演出！Axl 回家了，回到他爱的舞台和歌迷及人群中了——那个夏天，他老了，从那个瘦瘦的戴着头巾墨镜，爱穿紧身衣健美裤的少年，变成了身材胖胖、胡子满满的大叔——对，但他眼里忧郁拥抱坚定的光芒，依旧闪亮。拉斯维加斯那场巡演前，叔叔把腿摔断了，辛辛那提的舞台上，全程打石膏单腿唱跳——你一定觉得那个场景巨搞笑，但是在无数个现在差不多也五六十岁的"枪花人"的眼里，这样的表演是一种亲切，美好，是一场回归。演出全程，所有的观众几乎全程站立，全程跟唱，全程兴奋。虽然我还没有像他们那样丰富的对歌曲、对年代，以及对历史的回忆和感悟，但依旧明白了什么是热爱、激情、坚持、无畏、追求和不断创作。辛辛那提的演唱会，是我追星历史中的一场，那天买的乐队 T 恤衫，会经常从箱子里翻出来穿一下。活到老，唱到老，与时俱进，痛恨毒品，坚守做人准则，有个性，敬业，自律。Axl 坚守的这些条条框框，成就他在大千 Jungle 里起起伏伏却永恒发光的一生。

Was a time when I wasn't sure
But you set my mind at ease
There is no doubt

You are in my heart now

Guns N' Roses, "Patience"

其实不应该很明亮

他出现在我最懵懂的年纪，长我三四岁。我读高一，他上大学。缘分还是因为我爸爸，爸爸同事家的儿子。初升高的暑假，工作机缘巧合，两家一起去南方山城旅游。那趟旅游回来，我就和哥哥保持联络。2000年前后，手机还不普及，多数的往来是书信，还有通过爸爸。哥哥会寄信到我学校，一封，两封……我很喜欢看，因为他总讲新奇的、很文艺的东西给我。那个时候，我确信，哥哥绝对是学校里的先锋青年：组乐队，录"Hotel California"；拍实验短剧，拍好刻光盘，参展业余电影节，让我爸爸拿给我看。那都是我青春年纪特别爱不释手的东西：我听着老鹰乐队踏着青春，学唱，学歌词，一直唱到现在。每次KTV，看着点歌屏，都情不自禁回味那段，穿越时光的想念。

高中总归是个很要紧的时候，父母怕我学业分心，阻断了很多其他的哥哥和我联络见面的机会，后来高二有了手机，我也不由自主地经历了青春期少女的心跳：下课回家，取出手机，摊开一本练习题打掩护，悄悄发起短信。现在偶尔聊起来，我妈妈还会跟我讲："那会儿你的手机短信账单，有那么厚一打！"我不好意思地笑着。那会儿的心思，其实挺可爱的；账单的厚度，似乎也是时空的一个维度。

高中最后时光是寄宿。那会儿学生不让用手机，要专心冲刺。那会儿，哥哥会电话打到我宿舍，怕影响其他舍友，我们都是把电话线连着听筒甩到门外，屋门尽量关紧，讲话的时候屋里就听不到了。一件一直藏在心里的小秘密就是哥哥放假从大学回来，去寄宿学校看我。那回他给我带了一个铁三角耳机，我一下子就被它的低音音效迷得神魂颠倒。这个打开我新大陆的耳机啊，彻底联通了我和音乐，解决了我青春期尾巴的很多急切和焦虑。后来我记得是因为怕被爸爸妈妈看到这个耳机，我先把它藏起来，然后高中毕业以后偷偷拿给一个朋友，让他替我保管。如果耳机今天还在他家的话，他就是替我保管二十年了……

印象最深的一次，是和父母闹别扭以后，哭着给哥哥打电话。妈妈知道了，感觉很尴尬，也给哥哥打过去电话，解释。然后，哥哥给我发了一条短信：

其实不应该很明亮

完整走过青春岁月的我，现在知道，哥哥就是当之无愧的文艺青年风格了。这也许就是他哪里看到的，或者"文艺"（此处动词）的一句。只是巧合的是，它概括了我童年，甚至今天很多生活的心情。有人可能会问了，童年，小孩，能懂什么？不，小孩子对于很多知觉太敏感了。这一句也不是有消极暗示的一句。它刻在我脑子里，可能也可能没有影响我后来的人生。我当下就觉得，这句很美，拿捏得很恰当。

随着我上了大学，彼此都在飞速长大，和哥哥渐渐疏远，不联系。哥哥的父亲也调离了原来的工作岗位，自此，两家也基本没有了交集。我没有再刻意寻找，只是觉得哥哥应该过着自己的幸福生活，还是很文艺，很会讲话。

感慨，有些人只短暂地出现在生命的一个片段，但那个片段本身，可以刻骨铭心。

帕芙洛娃，Pavlova

这是一款甜品蛋糕，百度百科：
某位蛋糕师看到美丽的俄罗斯芭蕾舞演员 Pavlova 和她的舞蹈，灵感触发，
创作了 Pavlova 同名蛋糕。材料简单却口感新奇。

十年前，深秋傍晚，岛城清凉；车水马龙在一片蓝山中静静流淌。
海边，华灯初上，一家叫作 KIWI 的餐厅：
"我定了一个 Pavlova，老板说一定要提前预订，每天只出品几个，因为不容易做成功，平均每做四个，才会有一个完美给客人。"

Pavlova 呈上。
记忆中，奶白色；口感是稀有富饶，外酥里软；
一挂微微酸甜的清新，稀释着浓郁灯光里的 24 岁，我们的——
面对面，是一身水蓝色西装，第一堂课就迟到的亚瑟王同学。
讲台视角：
他上课默画世界地图和流转星云；
下课纠集同学吃喝玩闹打篮球打扑克；

时不时对稀奇古怪的问题刨根究底；

总爱临时抱佛脚，历经周折，终于被好运光顾。

他是我初为人师经历中的奇幻风景，独具一格，温暖清晰。

可惜 Pavlova 仅此一次，往后十年，五味杂陈。

我　　　　　和　　　　亚瑟王：

美国，　　　　　　　中国；

美国（哥伦布），　　美国（波士顿）；

美国（哥伦布），　　中国（北京）；

中国（上海），　　　中国（青岛）。

"喂，你在干吗，最近好吗？"

友人视角：

他在波士顿，学业渐入佳境，business cases（商业案例）做得不亦乐乎；

跟着学术课程组去肯尼亚，兴奋地看野生动物们在大草原，肆意驰骋，追着他们的越野车，一路狂奔；

一路飘摇，坐游轮驳岸波多黎各，看最性感的南美姑娘、最明媚亮眼的海；

跳最多情的拉丁舞，在满眼异域景观中，摇曳着玄幻又轻盈的时光；

我们有约哥伦布相见，吸一口他从古巴舶来的雪茄，呛得我直咳嗽；

吃油腻到特别的芝士巧克力锅底涮大虾,水果拼盘和布朗尼;
喝风靡一时的黑色矿物质水;踩着美中地区十几厘米厚的积雪爬山;
在《肖申克的救赎》的原型监狱里瑟瑟发抖。

十年,我们总说要相见。总说起当年那个 Pavlova。
十年,那个店面早关门了吧,亚瑟王说。

十年后的 5 月,我们终于又在第一次见面的城市,在 5 月的风里,四目相对。
车里自动循环播放歌曲,跳转到那首满舒克 rap(饶舌)版的"My heart will go on..."
是十年前,去吃 Pavlova 的路上,第一次听到就喜欢到不行的别致风格。

Pavlova 视角:
你们一直记得我,说起我,像说一个稀罕的宝贝;
你们终于,又一起看那片熟悉的海了——
风和日丽,游客熙攘。阳光那么富足,海水那么蔚蓝,
海边的咖啡厅,那么透明,倒映着
时光,
那么慷慨,曾让你们以"奇怪"的身份相遇,在没有太多空间交集的年月

各自收获,放飞徜徉;看过西方世界,

你们回来了,回到十年前走过的上坡路,

吃挺立了十年的小馆子,约十年前一起聊天的朋友,

说到我,并一直在到处找我。34岁,你们

还记得吗?曾经奥帆中心,那一圈世界国旗,风中飘着;地标经纬度指示牌,

告诉你们,从脚下航行多少海里,可以到巴拿马、加勒比,可以到欧陆,可以到美国,

可以到

任意江海相连的地方。你们仰头望着,低头看着,走着漂着,

竟然就真到了。今日,今夜,

三杯两盏淡酒,你们回来了,还是有说不完的,关于仰望、漂泊,和遇见。

Pavlova,十年,味觉已经淡忘是真的;

可我还一直想着,这个多么可爱的俄罗斯名字啊,和那些蓝色山水中,

我们分别和祝福的每一秒,我们对未来有太多兴奋和未知的晚上。

不问前路,是多么的可爱和迷人啊。

人种志研究者，The Ethnographer

是个巨型背包客

时刻准备着　荒野求生

擦亮眼睛　打磨精神　调整呼吸

走进一个实验场

恰似遁入一片新鲜丛林

纸笔出鞘

没有一枝根茎　可以落荒而逃

把玩　丝丝缕缕　原始的好奇

镶嵌　观察和交互　于茫茫人海

剥掉先知的卫衣　做一个赤裸而心怀敬畏的学者

赤裸地　洞悉一树一花　一言一行

逻辑穿针引线　日夜雕琢

织一张密不透风的刺绣

伦理勾边　勾勒出

一位人种志研究者

一位绣中人

急诊室,ER

急救人员,急救床,血压忽然升高到 200mmHg/108mmHg
　的妈妈的脸,
她感觉快要颤抖的腿,凉凉的两只手。我迅速收好两个包:
一个里面有一万元现金,另一个里面有几种药,
手机,充电器,书,口罩,水,消毒湿巾。

救护车,刺眼的蓝光灯,在零点三十五分的公寓楼下晃悠;
车里灯光是白色的,坐上去感觉很差,忽忽悠悠。但我熟悉。
一根长针刺入妈妈手背上的血管,救护人员是个戴着耳钉好
　像胳膊上有文身的青年。
这个飞驰的密闭空间里,究竟压抑了多少魂飞魄散?

距离家最近的公立医院,急救床被抬出来,我观察着它上下
　救护车的原理。
抢救室:心电图,血压测量计,抽血三小管,二楼颅内 CT 平
　扫,和工作人员一起推床。
一切基础检测完成的时候,妈妈似乎感觉好些。

她慢慢平稳下来,脸没有那么红了。

医院里的灯光，总是太咄咄逼人，尤其在深夜。

我猜，对于很多人，它是一口白色的深渊，暗暗地，吞噬精神，助长惶恐。

但我熟悉。等待，

未知不是过程，未知本身就是一个结局。

是所有人的结局。

上高中有一次，也是晚上，妈妈躺在床上，说不舒服，

然后开始吐出黑色的东西，那回比这回严重，记得她说开始天旋地转。

抓紧拨打120，爸爸和急救人员一起，把妈妈从5楼抬到1楼，

火急火燎，妈妈不好受。

那晚我一个人睡的，第二天照常去上课，好像接下来的一两天是运动会。

妈妈住院，那会儿姥姥还健在。

那时候的我还不懂事，开完运动会，没有马上回姥姥家。

妈妈在姥姥家休养。我去和旋子骑车到他家附近公园玩了一会儿。

那个年少无知的我啊，难道，在内心深处，少有对妈妈的担忧吗？

所有一切，我都熟悉：在美国的我，

不知道多少次,大半夜,因为极度焦虑引起的 Panic Attack
(惊恐发作),
去过多少次急诊室。但那会儿,是自己打 UBER(打车软件)
或者朋友过来陪着去的。
因为救护车太贵了,因为也不知道自己究竟怎么了,
有没有必要弄得那么惊天地泣鬼神。

妈妈今天经历的,所有感觉,我都太熟悉了,
作为第一人称和作为第三人称。

美国的急诊室,看你不要紧,没有大出血,没有晕厥,没有
  心脏不行,
就发配你到大厅等待。多少次,我等过很久,
熬过一整个夜,来来回回地想象,自己生途未卜,万一是什
  么怎么办?
万一在异国他乡,有个什么,怎么办?
那时候的等待啊,换来护士一句:
"You need a psychologist, and he will see you in the
  morning."
(你需要一个心理医生,他早上会来给你看诊。)
打破文化差异的,有很多,其中就有急诊室的灯光。
都是一样的白色,里边有一万个相似的深渊。

闭眼不语的，疼得呻吟的，叫医生快来的。
睡眼惺忪的陪床的，看手机的，找地方喝水的，去厕所的。
哭的，盖着毯子的，坐轮椅的。
包扎着的，发抖的，上着呼吸机的，护士们、急救人员小步
  跑的。

交钱拿药的，等着拍片子的，等着拿结果的。
这里的所有人，不论在干什么，就分两种：宣判的和等着判
  决的。

过去的今天的未来的我，都是等着判决的。
这种感觉，我太熟悉了。

找一把椅子坐下来，放下书包，
把急诊卡、病历、化验单放好。急诊室的床有两排，
陪床的平均两到三人：清醒的，迷茫的。
也有困的、睡着的、忙活的。我是困的，但我睡不着。

在这种灯下，睡不着；在几个生命检测机运转的嘀嘀声里，
我睡不着。我闭着眼睛，紧张的状态没法设想命运。
圣母保佑我妈妈，保佑我。别让我妈妈太紧张了，
我总感觉她心理压力太大，紧张助推，血流上涌。

突然有那么一刻，我闭着眼，感到万千乌云——
隐隐约约，一个时代来了，透不过气，下意识想：
"我以后怎么办？"

下意识睁开眼睛，看到妈妈的腿。

就突然想到很多年前，
小时候一个大雨的夜晚，小区门口积水挺深，
妈妈背着我，跨过积水，去上手风琴课。她的腿泡在水里，
但她告诉我要克服困难，学会坚持。

圣母保佑，我就只能在心里，默默地画着十字。
我想到姥姥临终前，一连几天，发出低沉的声音。
最终的最终，亲人们让我走到姥姥的床前，跟姥姥说：
"您放心，以后妈妈跟着我，我照顾她。"
低沉的呜咽声，就真的渐渐平息了。

这是件很神奇的事情。

这是不是句誓言？是不是重过千山万水？
总之，它让我变得非常安静。

这一瞬间，我把它写下来，

我真心再告诉自己一遍:
你不能消沉,那些盛产焦虑的年份,已经离你远去了!
不要想太多,就勇往直前吧;
不要想太多,就继续读书吧。

在一次次被迫熟悉的感觉中,遭遇着历练和洗涤。
如果,这就是成长。

我见过死亡,见过灵堂。坐过救护车,住过急诊室,陪过急诊室病人。
我见过徘徊在死亡边缘的人,听说过死在回家路上的人,听到过姥姥家隔壁发小哥哥在风华正茂的年纪暴毙身亡的消息。

我听过神父送出的临终祝福,踏入过储藏捐献的遗体的冰冷的房间。寒冷的冬天的黎明
参加过教堂里最后的送别——一排排的烛光,清澈而悲哀的挽歌。
这所有的一切,还有更多,让我在一个个熟悉又陌生的面孔前,我认识的人面前,
变得沉默寡言。

殊途同归的你我,工于心计地欺骗,保持距离,时刻探测,寻找赛道;

站队,"卷",拼;为着轻于鸿毛的小事非要争个对错高下。

虚荣,虚伪。浮夸,享乐。

我不想面对所有的这些,正如我不想,面对

这个我已经非常熟悉的感觉。

凌晨三点,审判结束。一切尚好。

打车,回家,躺下,必须戴上眼罩,

才能睡着。

醒来以后,发现妈妈已经在楼下,慢慢收拾一些家务。

打开窗帘,又是一个多少人在歌颂的

夏天马上到来的晴天。

我对妈妈说,晚点带你下楼晒太阳。

这一夜,似乎发生了一切,一切又似乎没有发生。

我说不清楚,但我感受得清楚。

因为,一切

都太过于熟悉了。

回捯[①]

极其烦人的窝囊废,两面三刀的伪君子,
缠着,一遍一遍发微信:
不打扰是我最后的温柔。

惹我急了,给他回复一句:
闭嘴!滚远——是你最后的智慧!

---

① 捯(duī):反驳、驳斥。

归零地，Ground Zero

2012 年第一次去纽约。那年纽约的冬天很冷但是很温馨。没有做所谓的攻略，住在布鲁克林，见了朋友的朋友，在法拉盛吃过好吃的川菜。2014 年冬天第二次去纽约。和睿哲约了大都会博物馆。逛了一整天意犹未尽。睿哲因为处理实验室工作，第二天匆忙返回新泽西。接下来的五天，自己逛遍了 SOHO，又去了 MOMA 和 MET。

博物馆确实是落单人的好归宿，沉浸在特制灯光中，可以穿越历史，也可以看到很多达达主义。2017 年第三次去纽约，见我最好的作曲家朋友。他带我去了卡耐基音乐厅，MHT 音乐学院。我们在那里合影。我又因为 ANNA SUI 压遍了 SOHO，还在那里一家私人沙龙染了头发。那是一个盛夏，时代广场熙熙攘攘，第五大道在夕阳中琳琅而简约。我记得我穿一身黑色的裙子，还在脏乱差的地铁里拍了一组照片。2018 年，2019 年，又因为博物馆和追星去了纽约。

今天我妈妈在看"9·11"的回顾报道，突然想想，是哦，每一次去纽约，都路过那片归零地。在旁边教堂展厅，看过最纪实的最惨痛的照片。在墓园，看过最震撼的墓碑林。雪中，夕阳中，雨中，清晨，盛夏的夜晚一经过，那片土地，在新鲜的宏伟的建筑中，透着磅礴的悲凉；在巨大的各色种群的人海中，夹杂着并未被时代破解的阴谋。《北京人在纽约》那个年代一去不复返；我猜，如今 MET 门前的鸽子都有可能啄了有病毒的小食。不知道纽约和华盛顿特区的地铁，现在是否还在循环播放"如遇可疑的人、事，请拨打 911"。

归零（Ground Zero）这个名字想想的确很有回味："归"并不意味一个漫长的过程，而是一个瞬间——瞬间的消亡，崩塌，陨落，毁灭。"零"也是非同寻常的一无所有——"零"之后有新，却不会再有那个唯"一"。

西红柿：爸爸式关怀

他觉得是好东西的好东西，
使劲撑给我，
三天一小问，
七天一大问：
西红柿，西红柿，
爸爸寄的西红柿收到了吗？
爸爸寄的西红柿好吃吗？
吃完了吗？怎么吃的？
生吃？炒菜？炖牛肉？
吃完了再给你寄点？
富含维生素，百里挑一，
一定多吃西红柿！

西红柿！富硒西红柿！

一下给我寄了二十多斤西红柿，爸爸，
那天我花了两小时，拆箱，
拆小包装，挑拣，
分装。吃。

我跟爸爸说:
"以后你再问我干吗呢,
我就说,吃西红柿呢!"

那是好东西,
好的都给你,
三番五次叮嘱你,
每时每刻惦记你。

那年爸爸 58 岁,
我 32 岁。
我似乎还是爸爸的可爱的孩子,
似乎有点缺营养的孩子。

Rumor

I use pen to write, rumor

I spill it and smear it into a season

I drink it as I drink

echoes of somebody's memorial narratives

How sad, oh sad, and sad

Pale and plain and empty, today

is not like a normal Wednesday evening

Bright and blur and bizarre, I damn

the sunset. So, I take off all my clothes

my discourse and my soul

I am ready to go into a season of rumors

There I will meet another person, another

color of my hair, at least

Autumn

I came and rested in autumn. Last night,

my soul was nourished by a euphonic drizzle

and gained some weight.

Dreams swung and faded away.

In light purple margins

chirps sugared a chill morning

squirrels jumped into an illustration—

the barista was setting up metal tables in open air,

winds dressed up in dark orange

with one leaf painted in gold-powdered edge

drifting in the murmur of conversations and

the fable of love or lost—

my vision was deeply dyed.

All wishes, waiting

plays, prays

smiles, sorrows were deeply dyed—

in the color of one piece of bark

I came to Autumn.

I wanted to insert myself in such picture, such

photography, before

it was fully developed.

Could I swirl in the melody of willow dances ?

Could I scream in the horn of timeless trains ?

Could I sketch in the shades of his eyes, with shades

of the fallen petals and freedom.

I took the train

heading west and running through

many souls, weight and weightless,

gloomy and glamorous.

Then I came and rested in Autumn.

I touched the season and I touched people,

as usual as I wished.

Floating away, Fading away

Floating in the odor of industry

you smile

your unconsciousness kills

some summer pains

Not like the pill I used to take

I am not sleepy

I am neither awake

Don't smash a movie night

we said we would go for shows.

Don't let my thoughts walk

on a crossroad

don't give me sugar.Don't give me salt

give me peppermint

instead

†

I am awakened to the truth—

being a dispensable person

Woods

where I'd better ran into with my

hoods

shadowing a face, a face of emotions and rules

Never ever mind

Let us go then, you and I,

When the evening is spread out against the sky

Like a patient etherized upon a table

...

Streets that follow like a tedious argument of insidious intent

To lead you to an overwhelming question...

Oh, do not ask, "what is it?"

Let us go and make our visit

T.S. Eliot, *The Love Song of J. Alfred Prufrock*

†

结局，Ending

刻意

刻意地　制造

时间　等一个

你笃定不可能的未来

期待又不敢期待

一个小小的

并不会扭转格局的惊喜

如果有

它最多是一个叫作"无聊"的大海上的一叶小舟

漂着漂着　可能就没了

别否认　别不敢揭开谜底

你等待的是　尘埃落定

你等待的是　物是人非

快让大伙看看

你刻意而漫长的等待

时间并没有在时间的长河里

让你顺水行舟

四季并没有在四季的更迭中

让你生机焕发

再怎么样处心积虑
制造惊喜　你也是一个
围绕着圆形行走的圆形生物：

你的起点是你的终点
你的开怀是你的悲哀
你的欣喜是你的沮丧
你的言说是你的沉默
你的选择是你的忏悔
你的成长是你的凋谢
你的结伴是你的独行
你的大笑是你的挽歌
你的美貌是你的假面

但你还是你　就这点儿出息
你为了一个（回头看看）
毫无波澜又毫发无损的夜晚
那么精心地消耗
那么多情地踌躇
那么霸气地取舍
那么留心地假笑

清醒梦，Lucid Dreams

努力想从这个梦里醒来。

我告诉自己我要睡醒了，然后再努力想：我现在躺着，躺在哪个房间，我这个房子是什么样的——有一瞬间空白。我问自己"这是哪里？"
Lucid dream. Lucid dreams.

我梦到有点抽象的以前的房子，然后梦里告诉自己，这应该就是姥姥去世前脑海里浮现的景象。我梦到了姥姥，她穿白色的真丝短袖，白白的，微笑不语。我梦到我和妈妈在睡觉，然后听到姥姥在隔壁讲话，我对妈妈说："妈妈你听到没有，我不是在做梦，对不对，你也听到了，姥姥就在我们旁边的房间，对不对？"
Lucid dream, another, another lucid dream.

我梦到面前有四五个电梯可以走，一个特别特别的窄，一个奇形怪状一直在浮动，我挑了那个特别浮动的，没想到走到下边特别的抖，紧紧抓着扶梯。电梯尽头是一个模糊的我认识的人，笑着说："亏了你没有拿任何行李，你这趟下来轻松多了。"

  Lucid dream.

我梦到铜色的，不知道是黎明还是傍晚，
我努力醒过来，去找手机。
找到手机，在一切还没有飘散之前，
写下来。可是，我的头好沉好沉，
今天的晨光是锈色的吧，感觉眼前还有雾。
慢慢地，我的大脑又飘摇起来，
"这是不是姥姥生前最后回念的景象？"
慢慢地，我的头好沉好沉，好沉，
我想醒过来，也想再回去找到姥姥。

打字打到这里，我手脑已然分离——
我的头好沉好沉，
我的呼吸好沉好沉好沉——
我知道我模模糊糊地不受支配地
又走进另一个
Lucid dream.
Lucid dreams, dreams, dreams...

姥姥你在那里吗？

告解

很小的时候，姥姥带我去教堂。

她指给我看，教堂里边一间近乎密闭的小屋子：
"有位神父在里面，这是我们向神父倾诉和坦白的地方。
你的罪过，你做错的事情，忧虑的事情，
都可以在这里，向神父诉说。

人都会犯错。

神父会倾听，他是上帝的使者。
在神父面前，你没有秘密；
在神面前，你没有秘密。"

你的坦白，你的忏悔，你的歉意——
你将真心给他，他会赦免你，救赎你的心灵。
那个时候，我还太小，我懂什么呢？

今天和初次见识告解室的那天，相隔二十多年。
当我决定开始把我的不解，我的惊诧，我的回望，
我的愤怒，我的哀伤，我的悔意

写下来，给你看

我

已经开始重新做人了。

没有比在凄惨的境遇之中，回忆幸福的时光更大的痛苦。

——但丁《神曲·地狱篇》

"真的!"

✝

如果你没能在这些字里行间
　看到一个更真实的我
　你就把它撕碎,丢在风里
　忘个一干二净吧!

The incidents of the far past would now be sunk in oblivion.

那些远去的过去,现在可以被彻底忘怀了。

——John Dewey

I Confessed
极限坦白

蒙蒙
Mengmeng

罗兰·巴特在《哀痛日记》里写道：情绪是二维的，与时间相恰；哀痛是三维的，它渗入了空间，时间带不走。蒙蒙给我带来的感觉是四维的，多了一个动量，那就是哲学的启蒙和美学的鉴赏，帮助我以此来对抗情绪和哀痛。我心中永远的女神。

——凡先生（本书167页《亦简亦凡》中的朋友）

愿蒙蒙作为一名教育者，春风化雨，生活中能够有不断的精彩。Carpe diem!

——亚瑟王（本书 184 页《帕芙洛娃，Pavlova》中的朋友）